Frankfurt Young Stories

Anthologie 2019

Inhalt

Wie die Sterne

Alanna Niebergall

In einer Zeit, in der die Farben der Welt vom Grau des Alltags überdeckt werden und die Seelen der Menschen an Blindheit leiden, sitzt ein Mädchen am Fenster und schaut zu den Sternen hinauf. „Nachts strahlen die Sterne zusammen am Himmel viel stärker, viel heller, als wenn sie alleine leuchten würden", denkt es. In seiner Einsamkeit wird das Mädchen sehr neidisch auf die Sterne. Denn selbst wenn es tagsüber mit seinen Mitschülern redet, hatte es niemals das gleiche Gefühl von Geborgenheit, so wie wenn es die Sterne bei ihrem Zusammensein beobachtet. Diese Tatsache frustriert das Mädchen und die Gier nach Zugehörigkeit frisst sich in es hinein und erfüllt es so sehr, dass es beschließt, sich auch jemanden zu suchen, um mit ihm so hell zu strahlen wie die Sterne.

In der Schule fragt es seine Mitschüler, was sie über das Licht der Sterne denken, denn es ist überzeugt, dass nur jemand, der die Welt genauso sieht wie es selbst, zu ihr gehören kann. Doch die Kinder müssen das Mädchen enttäuschen. Sie sehen das Licht der Sterne nicht als den silbernen Glanz des perfekten Zusammenseins, sondern lediglich als Licht in der Dunkelheit. Dem Mädchen ist unbegreiflich, wie seine Sicht auf die Welt nicht von allen geteilt werden kann, doch es bemerkt nur den Fehler der anderen und nicht sein eigenes Missverstehen. Als es den Zuckerbäcker fragt, der ihr immer die süßen Brötchen gibt, wird es ebenfalls enttäuscht. In seiner praktischen Art sieht er nur das Licht, das ihn abends nach Hause leitet, und er lacht über die poetische Sicht des Mädchens. Betrübt streift es durch die Straßen der Stadt.

Selbst der Mann mit der Fidel, der ihm immer die Lieblingslieder spielt, vermag nicht es aufzumuntern. Er lächelt nur und setzt sich neben das Mädchen auf den Boden. „Manche sagen, die Sterne seien die Seelen der Verstorbenen, die auf uns hinunterschauen und uns mit ihrem Licht leuchten wollen. Andere behaupten, sie seien alte Götter oder übernatürliche Wesen.

Einige meinen, wir würden gar keine Sterne am Himmel sehen, sondern nur riesige Glühlampen, die einen Sternenhimmel simulieren, weil wir nur ein Forschungsprojekt Außerirdischer seien." Er zwinkert dem Mädchen zu: „Mein persönlicher Favorit ist aber Version Nummer eins. Mich beruhigt der Gedanke, dass jemand auf mich aufpasst." Diese Antworten können die Sehnsucht des Mädchens auch nicht stillen und es denkt an all jene, die es nicht verstanden und immer nur gelacht haben. So fasst es den Beschluss, außerhalb der Stadt nach jemandem zu suchen, da sie dort ja die Einzige mit der richtigen Meinung zu sein scheint.

Ohne Angst durchwandert das Mädchen die graue Ödnis, bis es die Stadt weit hinter sich gelassen hat. Weder der eiskalte Wind, der ihr den Staub in die Augen treibt, noch die steilen Hänge, an deren scharfen Spitzen es sich die Hände aufreißt, können das Mädchen von seinem Ziel abbringen. „Ich werde jemanden finden, der genauso ist wie ich."

Erst als es sich am Abend auf dem harten Boden ausstreckt, wird ihm bewusst, wie einsam es doch ist. Die Kälte und die Kanten des Felsens schneiden in seinen Körper und der Wind, den es heute hartnäckig ausgeblendet hatte, tost unbarmherzig über die Ebene und fährt ihm durch Haare und Kleidung. Es muss an sein Bett zuhause denken, wie es sich immer in die Kissen gekuschelt hat, wenn seine Eltern zum gute Nacht sagen kamen. Leise fängt das Mädchen an zu weinen. Es zeigt sich selbst seine Unvollkommenheit und sein Unglück, versenkt sich in seinem Elend und bemitleidet sich auf das Äußerste. Sein Weinen wird zu einem tiefen Schluchzen. Es ist erschüttert in seiner Enttäuschung, nicht sein zu können wie die Sterne. Spät bemerkt das Mädchen, dass es nicht mehr alleine ist.

Um es herum stehen drei Frauen und mustern das Mädchen mit kalten Blicken. „Was tust du hier?" fragt die Frau in der Mitte. In ihrem weißen Gewand gleicht sie den anderen beiden bis aufs Haar. In silbernem Glanz schauen sie auf das Mädchen herab und scheinen in ihrer Größe den gesamten Himmel auszufüllen. In dem Versuch, sich seine Schwäche nicht anmerken zu lassen, erhebt sich das Mädchen voll Ehrfurcht vor diesen riesigen Kreaturen. „Ich suche jemanden, der mich versteht, mit dem ich so gemeinsam sein kann, wie die Sterne", antwortet es. Über seinen ernsthaften Ausdruck müssen die Frauen lachen und das schrille Geschrei, das dabei ertönt, fährt dem Mädchen durch Mark und Bein. „Ihr Menschen seid das Gegenteil von gemeinsam", höhnen sie. Das trotzige Funkeln verschwindet aus den Augen des Mädchens zusammen mit ihrem Selbstbewusstsein, als sich die drei Frauen vor ihr zusammenballen, wie eine erboste, graue Gewitterwolke. In dem dichten Rauch sind ihre Fratzen nur schwer zu erkennen und ihr Gespött vertreibt den letzten Zweifel aus dem Geist des Mädchens. Seine Naivität und Enttäuschung verwandeln sich in Wut auf die arroganten Wesen vor ihm. Es schleudert seinen Frust und seinen Trotz gegen diese gewaltige Wolke aus Hohn. „Verschwindet! Ihr seid nichts weiter als egoistische Kreaturen, die sich hinter falschem Glanz verstecken und es nicht ertragen können, dass andere gemeinsam glücklich sind. Verschwindet von hier!"

Unter lautem Keifen und Geschrei verlassen die Sterne die Welt und beneiden das Mädchen nur noch vom Himmel aus, als seine Seele anfängt zu heilen und es die vielen Farben erkennt, die der trügerische Glanz der Sterne verdeckt hatte.

(Ohne Titel)

Lilly Barnhart

Die Gedanken suchend,

Wand're ich liegend mir durch den Kopf.

Mein Sein verfluchend,

Falle ich fliegend durch meinen Kopf.

Und du bist da, ihr alle;

Schaut nicht.

Ganz klein.

Doch ob frei oder Falle;

Hier kann ich

Nur sein.

Halt nicht an

Anna Mühlenbruch

Weiße Wände links und rechts. Grelles Licht aus Neonröhren an der Decke. Türen links und rechts. Ein endloser Gang. Das Hallen meiner Schritte geht in der Masse unter. Vor mir. Und hinter mir. Sind Menschen, doch sie sind menschenleer. Alle in hellen Hemden und schwarzen Hosen. Alle mit dem Blick nach vorne gerichtet. Doch niemanden weiß, wohin wir geführt werden.

Auf einmal durchbricht eine Stimme die Schritte.

„Bleiben Sie stehen. Gehen Sie in die Tür neben Ihnen. Dort liegt Kleidung für Sie bereit. Ziehen Sie diese bitte an und setzen Sie sich. Weiterer Anweisungen erhalten Sie in Kürze. Wir bedanken uns für Ihre Mitarbeit."

Türen klappen auf. Wie Maschinen bewegen sie sich alle in das fade, graue Licht. Augenblicklich sind sie verschwunden. Der Flur ist verlassen. So, als wäre hier noch nie zuvor jemand gewesen. Nur noch eine Tür steht offen. Meine. Irgendetwas hält mich davon ab, die wenigen Schritte zu gehen. Gleichzeitig zieht es mich an. Nichts kann ich dagegen tun. Langsam setze ich einen Fuß vor den anderen. Ich fühle mich, als würde ich rennen, doch die Tür entfernt sich weiter und weiter. Plötzlich knackt etwas. Hinter mir ist mein letzter Fluchtweg ins Schloss gefallenen.

Mein Atem geht immer schneller. Panisch taste ich nach der Klinke. Versuche zwanghaft etwas hinunter zu drücken. Doch die Wand ist nur kalt. Kalt und glatt. Keine Möglichkeit zu entkommen. Alles in mir zieht sich zusammen. Ich hätte niemals herkommen sollen. Hätte es nicht tun dürfen. Jetzt werde ich hier nicht weg kommen.

Szenarien spielen sich in meinen Gedanken ab. Alle stoßen sie mich fort. Ich werde von einer Geschichte in die andere gerissen. Ohne zu wissen, was passiert, schreie ich in jeder, noch bevor ich sterbe, werde ich in die nächste geführt. Ein Schatten nimmt immer wieder meine Hand. Er rettet mich vor dem Tod und bringt mich in einen anderen. Erst jetzt bemerke ich die Kälte des Bodens. Während heiße Tränen über meine Wange fließen. Meine Fingernägel sich in meine Handflächen bohren. Um mich herum verschwimmt alles in dem gleichen Raum.

Die Tür geht auf. Ein Schatten betritt der Raum. Plötzlich knackt etwas. Tiefer Schmerz durchdringt mich, meinen Körper und lähmt meine Gedanken.

Ich atme noch. Sauerstoff strömt gleichmäßig durch meine Lunge. Ich fühle mich gut. Viel ruhiger. Nicht mehr so, als wolle ich fort. Der Raum ist mit rosa Licht erleuchtet. In der Ferne zwitschern ein paar Vögel und es riecht nach Apfelkuchen. Auf einmal ist alles so perfekt. Ich bin beruhigter und immer beruhigter. Ich kann gar nichts anderes. Kann nichts dagegen machen. Jeder Herzschlag füllt meine Adern mit Euphorie. Ein Lächeln überfällt mich. Zwanghaft grinse ich übers ganze Gesicht. Jeder Gedanke kreist nur noch um mich und diese ferne Welt voller Röhrenlicht und Dunkelheit kümmert mich nicht mehr.

Doch plötzlich ist da wieder dieser Schatten. Er zieht mich zurück. Weg von dem Paradies. Alles ist nur noch grau.

Grelle Lampen wecken mich auf. Sie zeigen direkt auf mich und verbergen, was hinter ihnen ist. Ich möchte mich drehen. Wegrennen. Doch ein straffer Lederriemen hält mich. Da ist sie wieder. Diese Stimme. Diese Stimmen sind da und der Schatten.

„Es scheint nicht ganz gewirkt zu haben".

„Das kann nicht sein, es hat noch nie versagt. Gib ihr einfach mehr. Dann hat sich die Sache erledigt. Und für dem Fall, dass es nicht hilft. Unten im Labor finden wir eine Nutzung. Eine mehr oder weniger ist irrelevant. Wir haben noch ausreichend Kapazität".

„Es muss aber einen Grund geben, die anderen Behandlungen hatten ihre gewohnte Wirkung. Mehr wird nicht helfen. Was einmal passiert kann auch wieder passieren. Zu viele Fehler können wir uns nicht leisten. Es könnte auffallen. Dann haben wir ernst zu nehmende Probleme".

„Dann finde heraus, was die Ursache für das Versagen ist und entwickle eine Lösung. Wenn auch nur irgendetwas schief läuft, hast du dafür zu sorgen, dass sie im Labor ankommt und das auch nicht mehr verlässt"

Plötzlich wird meine Umgebung wieder dunkel. Doch ich bin nicht wieder in Traumwelten gefangen. Ich weiß, wo ich bin. Gefangen in der Dunkelheit. Jeden Atemzug kann ich hören. Den meinen und den seinen. Er ist ruhig. Fast so, als stehe er vor mir. Als wüsste er nicht, was zu tun ist. In dem Moment geht er ruckartig nach vorne. Zieht den Lederriemen strammer.

„Du kannst dir nur wünschen, dass ich weiß, was ich tue", raunt er mir ins Ohr.

„Ich zumindest wünsche es mir". Er rammt mir eine Spritze in den Arm. Eine brennende Flüssigkeit rinnt langsam im meine Adern.

„Es tut mir leid. So ist es aber besser". Mit jedem Milliliter krampfe ich zusammen. Gefolgt von einem stechendem Schmerz. Um mich herum leuchtet der Raum. Heller als alles, was ich jemals gesehen hat. Für einen kurzen Moment kann ich sogar ihn sehen. Danach nur noch Stille. Tiefste Schwärze. Dann ist alles grau. Nur noch grau.

Jemand für dich

Vanessa Walther

Ich möchte Jemand für dich sein.

Ganz gleich ob ich der Schwächste unter den Stärksten bin.

Der Dunkelste unter den den Hellsten.

Der Kleinste unter den Größten.

Oder der Komischste unter den Normalen.

Das Tinderdate

Annika Wild

Ich zupfe mein Kleid zurecht und betrachte mich kritisch im Spiegel. Ist es wirklich richtig, dort hinzugehen? Zum 10. Mal öffne ich Tinder, schaue mir die Fotos und den Chatverlauf an. Ist sie real? Ich hätte jemand mitnehmen sollen, aber die Angst ist zu groß Ablehnung zu erfahren. Um mein Outfit abzurunden, lege ich mir eine Kette um, auf der sich eine kleine Weltkarte befindet. Als meine Oma vor sieben Jahren starb, gab sie mir diese Kette, mit der Bitte so viel wie möglich zu erleben. Ihr war keine Herausforderung zu groß. Sie hat richtig gelebt. Heute beginne ich mein neues Abenteuer. Ich öffne mich meiner sexuellen Orientierung, die momentan eher sexuelle Verwirrtheit genannt werden sollte.

Es ist eine Angst, die mich schon mehrere Jahre begleitet. Ich wollte immer auf den richtigen Moment warten, doch was ist eigentlich der richtige Moment? Meiner Meinung nach gibt es den gar nicht. Es gibt tausende davon. Schon in der fünften Klasse merkte ich, dass mich Jungs nicht so interessierten. Doch ich ließ mich in der Vergangenheit, der Clique zuliebe mit dem einen oder anderen Jungen ein, auch wenn die Gefühle nicht echt waren. Vielleicht habe ich auch noch nicht den Richtigen gefunden.

Auf Youtube habe ich die letzten Wochen Unmengen an Stunden verbracht, um herauszufinden, wer ich bin, ob ich normal bin oder nicht. Wenn wir ehrlich sind, ist niemand normal. Wir sind alle einzigartig und individuell, doch streben wir alle nach Normalität und Perfektion. Niemand ist perfekt, auch wenn das keiner hören will. Wir sind gut so, wie wir sind. Das streben nach all diesen Dingen, kann ich nicht verstehen. In diesem Fall bin ich wie meine Großmutter, wir leben nur einmal, also sollten wir das eine Leben nutzen um zu leben und erleben.

Mit diesem Gedanken blicke ich auf die Uhr. Das erste Date und ich verspäte mich. Hektisch schnappe ich mir meinen Schlüssel und stürme aus dem Haus. Ich eile die Straße hinunter zu einem Café. Durch ein Rosenbogen gelange ich zu einem kleinen Außenbereich mit vier Tischen. Mein Blick huscht über die Menschen, doch mein Date sehe ich nicht. Außer Atem lasse ich mich auf einen Stuhl fallen und studiere in der Wartezeit die Karte.

„Alice?" Fragt eine unbekannte Stimme. Ich zucke zusammen und schaue Kira ins Gesicht.

„Ja?" Krächze ich. Ich spüre, wie mein Herz anfängt, schneller zu schlagen und meine Wangen rot werden. Sie nimmt mir sanft die Karte aus der Hand.

„Ich habe schon etwas für uns ausgesucht. Ich hoffe du vertraust mir genug dafür." Verwirrt nicke ich. Als der Kellner zu uns an den Tisch tritt, bestellt sie das Übliche.

„Kommst du oft hierher?" frage ich sie.

„Ja mehrmals in der Woche. Ich bin hier also bekannt." Sie lacht. Ein wunderschönes lachen. Nach kurzer Wartezeit kommt der Kellner erneut und präsentiert uns die Spezialität des Hauses, so nennt er es zumindest. Als er weg ist, schaue ich skeptisch auf das Essen.

„Zier dich nicht so, das schmeckt echt lecker." Sie beißt genüsslich hinein. Ich tue es ihr gleich.

„Mhm was ist das denn jetzt?" Nuschle ich mit vollem Mund.

„Ein Käse-Schinken-Croissant." Durch Schulkinder die durch die Straße rennen, kommen wir auf unserer Schulzeit zu sprechen.

„Wo warst du denn auf der Schule?" fragt sie interessiert, während sie an ihrem Eistee nippt.

„Auf der Kelter-Schule und du?" Sie prustet los.

„Nicht dein Ernst? Ich auch!" Einen kurzen Augenblick überlege ich, doch dann fällt es mir wie Schuppen von den Augen.

„Nein, sagt nicht, dass du die Kira mit der tollen Stimme warst?" Mit geweiteten Augen blicke ich sie an.

„Doch, die bin ich." Ein Lächeln huscht ihr über die Lippen.

„Wann wusstest du denn, dass du nicht auf Jungs stehst?" frage ich ungeniert.

„Als du in meine Parallelklasse kamst." Sie starrt auf den Boden.

Ich fange an zu grinsen.

„Warum hast du nie etwas gesagt? Dann hätte ich mir einen Haufen an Gefühlschaos sparen können."

„Du warst nur mit Jungs zusammen, ich dachte du hättest kein Interesse an Mädchen. Aber dann habe ich dich auf Tinder wieder gesehen. Mir sind fast die Augen aus dem Kopf gefallen, damit hatte ich wirklich nicht gerechnet."

„Wow, von all dem wusste ich nichts. Ich wiederum dachte, du magst mich nicht. Deine Blicke habe ich bemerkt, aber als ich mit dir sprechen wollte, hast du dich immer von mit abgewandt." Sie hebt ihren Kopf und schaut mir in die Augen.

„Ich war zu schüchtern. Du kannst dir nicht denken, was für einen Crush ich auf dich hatte. Es war mein erster. Ich wusste nicht, wie ich damit umgehen soll. Also dachte ich bevor ich etwas falsches sage, sage ich gar nichts."

„Naja, jetzt sind wir ja hier." Wir lächeln uns beide an. Als der Kellner zum Abräumen kommt, bezahlt Kira direkt.

„Lust auf einen Spaziergang?" Sie streckt mir elegant ihre Hand hin.

„Wie könnte ich dazu schon Nein sagen." Ich kichere. Wir laufen vorbei an den bunten Häusern, durch enge Gassen. Wir reden und lachen gemeinsam, bis sich mittendrin unsere Hände berühren. Sofort fängt mein Herz an zu rasen und ich spüre ein wohliges Kribbeln im Bauch. Wir werden still und laufen, ohne uns anzuschauen, weiter, so lange bis sich unsere Hände wie von alleine ineinander hacken. Wir fangen nach einiger Zeit wieder an zu reden, bis wir an eine Brücke kommen, unter der an Fluss verläuft.

Mittlerweile geht die Sonne am Horizont unter. In ihren Augen spiegelt sich der Sonnenuntergang. Sie ziehen mich auf magische Weise an. Wir beugen uns beide leicht nach vorne. Ich streiche durch ihre lockigen Haare und komme ihr Näher. Auch sie kommt mir entgegen, bis unsere Lippen sich gefunden haben. In meinem Bauch entfacht sich ein Feuerwerk. Dieser Kuss fühlt sich endlich richtig an.

Sie hört nichts

Lilly Barnhart

Sie läuft, doch sie läuft leer herum.
Sie nimmt alles auf sich und alles krumm.
Und sie fällt, doch sie fällt nicht um.

Sie wartet, doch auf was weiß sie nicht.
Sie bekommt nichts, nur alles auf die Reihe.
Sie bleibt ganz, obwohl sie zerbricht.
Und ich schreie, doch sie hört mich nicht.

Wir

Askin Agan

Zittrig laufe ich auf ihn zu, und bereite mich auf den gewohnten Schmerz aus, den ich verspüre, sobald wir miteinander sprechen. Er wird es wieder tun, da bin ich mir sicher. Er wird mich wieder verletzen, und mir Kleinigkeiten an den Kopf werfen, für die ich nichts kann. Dennoch trete ich jeden Tag erneut auf ihn zu, ertrage diese Folter und halte den Mund wie ein Feigling. Denn ich bin einer, wenn es nach ihm geht.

Wieso tue ich mir solch einen Mist überhaupt an? Lasse mich behandeln als wäre ich nicht mehr als Dreck. Wieso wehre ich mich nicht?

Ich denke, jeder Mensch tut Dinge im Leben, die ihm selbst keineswegs guttun, unternehmen jedoch nichts dagegen, weil sie es nicht anders kennen. Genauso wie bei mir. Noch nie wurde ich anders behandelt von ihm. Immer nur schlecht, nicht gut genug, nicht hübsch genug, nicht klug genug. Jedes Mal bin ich nicht ausreichend.

Sobald ich bei ihm ankomme, verschränke ich nervös die Hände ineinander und wage es bisher nicht, ihm in die Augen zu blicken. Ja, ich habe Angst. Seine Worte machen mir Angst. Dieser Ausdruck in seinem Gesicht macht mir Angst. Selbst die Gedanken, die ich noch nicht kenne, machen mir Angst. Dass ich ein Angsthase bin, hat er mir bei unserem letzten Gespräch gesagt.

»Na, wen haben wir denn da?«, höre ich seine amüsierte Stimme sagen, wage es aber noch nicht, meinen Blick zu heben. »Traut sich der kleine Ben etwa nicht, mit mir zu reden?« So ist es, doch das würde ich niemals laut zugeben. Ich bin mir aber ziemlich sicher, dass er schon alle meine Schwächen und Gedankengänge kennt, sonst hätte er nicht so viel Macht über mich.

»Schau mir in die Augen, wenn ich mit dir spreche!« Sein wütender Tonfall lässt mich zusammenzucken, und nun gucke ich ihm geradewegs in die Augen.

»Was willst du?«, hauche ich leise, und versuche, ihm nicht zu zeigen, wie einschüchternd ich ihn finde.

»Nur etwas plaudern«, antwortet er schlicht, und lässt seinen Blick langsam über meinen Körper wandern. »Wirklich? Diese Hose mit dem karierten Hemd? Jeder wird sich über dich lustig machen.« Das würden sie auch so. Man macht sich jeden Tag über mich lustig, immerhin bin ich die Witzfigur der Schule. Die Person, über die man hinter dem Rücken lacht und die man mit Papierkügelchen abwirft.

»Ich finde, es sieht gut aus«, sage ich und versuche, mich in einer stärkeren Haltung vor ihm aufzubauen.

Er lacht. Lacht über mich, lacht über meine Worte, lacht über meinen dummen Versuch, Selbstbewusstsein zu beweisen.

»Kannst du nicht einfach verschwinden? Geh einfach, verlasse dieses Haus und meine Leben, verdammt nochmal!«, rufe ich wütend. Ich hasse ihn. Ohne noch etwas zu sagen, stürme ich aus dem Raum, und betrete ihn erst wieder, als es draußen schon dunkel ist.

»Wie war dein Tag?«, nehme ich seine Stimme wahr, als ich eintrete und weiß, dass er die Antwort darauf haargenau kennt.

Ich reibe mir müde mit den Händen übers Gesicht. »Lass mich einfach in Frieden.«

Kurz scheint er zu überlegen, schüttelt dann aber den Kopf. »Ich weiß doch, dass du nicht ohne mich sein kannst.« Will er jetzt tatsächlich, dass ich ihm dankbar bin? Dankbar dafür, jeden Tag erniedrigt zu werden?

Jetzt reicht es! Ich gehe auf ihn zu und verharre direkt vor ihm.

»Oh, willst du jetzt versuchen, gegen mich anzukommen? Du weißt genau, dass du das nicht kannst, weil du Nichts bist. Ein Niemand, jemand, der für andere nicht existent ist. Verstehe das doch endlich, Junge!«, spricht er und verpasst mir mit diesen Worten einen Stich in mein Inneres. Ich schlucke hart und ignoriere den Schmerz in meiner Brust.

»Ich... ich bin kein Niemand. Ich bin Ben, ein ganz normaler Junge, der genauso viel wert ist wie jeder andere Mensch. Hör endlich auf, mich fertigzumachen!«, schreie ich den letzten Teil und merke, wie mir eine Träne über die Wange rollt. Noch nie habe ich auf diese Art meine Stimme gegen ihn erhoben. Er wirkt überrascht.

»Du bist dumm, Ben. Merkst du nicht, mit wem du hier redest? Meine Güte, du hast echt nicht mehr alle Tassen im Schrank, das denken offensichtlich auch deine Mitschüler. Deshalb bist du immer alleine in der Schule. Jeder hält dich für einen verrückten Idioten, der einfa...«

»Hör auf!«, brülle ich, unterbreche ihn das erste Mal und merke, wie mein ganzer Körper zu beben beginnt. »Hör einfach auf.«

»Du kannst mich nicht zum Schweigen bringen, Ben. Das wissen wir beide, oder nicht?« Oh, doch. Das kann ich.

Dieses provokante Grinsen auf seinem Gesicht schlage ich ihm mit einer starken Handbewegung weg, ehe ich ein zweites Mal auf ihn einschlage. Immer öfter fliegen meine beiden Fäuste auf ihn zu, während ich sehe, wie er vor meinen Augen zu Grunde geht. Immer aggressiver kämpfe ich auf ihn ein, trete mit all meiner Kraft auf ihn, bis er winselnd vor meinen Füßen liegt.

Ein Klopfen ertönt an meiner Zimmertür und wird daraufhin selbstständig geöffnet. Meine Mutter tritt hinein und sieht schockiert auf meine blutigen Hände, bevor ihr Blick zu den Scherben des Spiegels wandert.

»Ben?« Vorsichtig schreitet sie auf mich zu, während ihr Blick ständig zwischen mir und den Bruchstücken wechselt. »Schätzchen, was hast du gemacht?«

Ich schniefe, ehe ich ihr in die Augen sehe und sage: »Ich habe diesen Spiegel schon immer gehasst, Mama.«

Bei dir

Lilly Barnhart

Ich steh' am Fenster.
Doch steh' ich wirklich da?
Ich steh' nie am Fenster.
Ist das nicht sonderbar?

Ich sehe die Straße. Es regnet, es ist schwül.
Ich sehe Laternenlicht, im Nichts,
Wie leises Dumpfen eines Gefühls.
Von Fern drängt es an mich.
Wo bin ich?

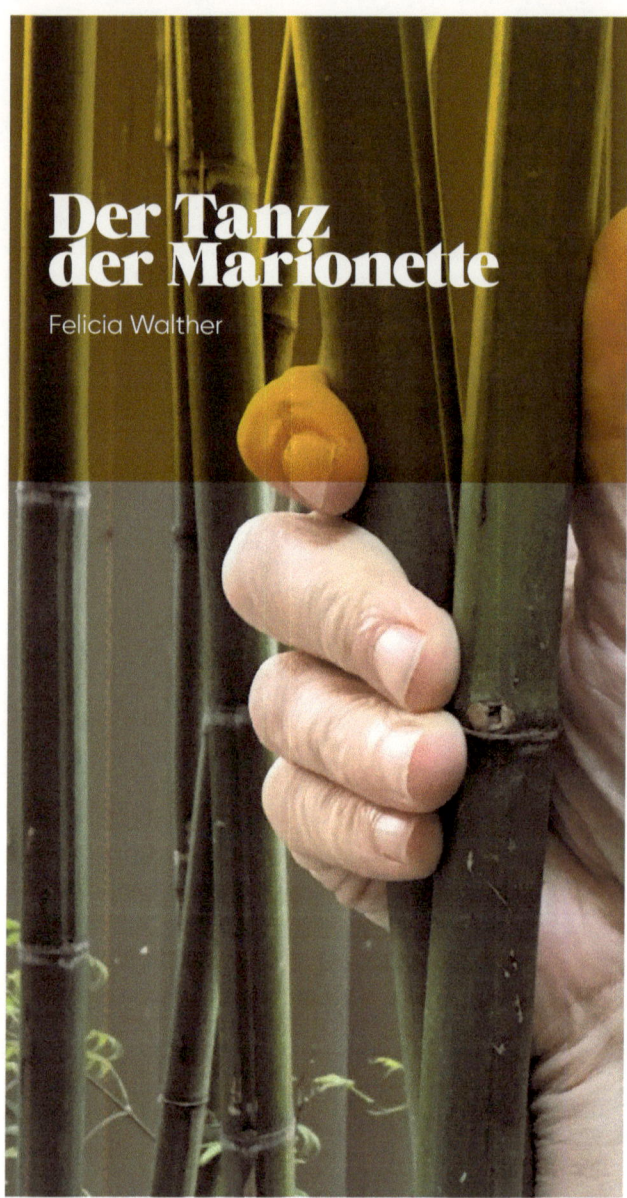

Der Tanz der Marionette

Felicia Walther

Steph hob mich vorsichtig auf meinen Rollstuhl und schob mich ins Bade-zimmer. Dort putzte sie mir die Zähne, wusch mein Gesicht und flocht meine Haare zu einem langen Zopf, während sie mir von ihrem Tag erzählte. Ich starrte in den Spiegel, der vor mir hing. Ein ausdrucksloses Gesicht blickte mir entgegen. Die Augen sahen müde aus und die Mundwinkel hingen nach unten. Durch den Spiegel konnte ich Steph beobachten: Sie lächelte, wie je-den Tag.

Als sie fertig war, sagte Steph: „Zeit für ein wenig frische Luft. Immer nur im Zimmer zu sitzen, ist nicht gut für dich." Während wir das Wohnzimmer durchquerten, berichtete sie mir von ihrem neuen Freund.

„Redest du schon wieder mit ihr?" Meine Mutter hatte den Raum betreten.

„Ja Frau Feldmann." Stephs Stimme klang ein wenig trotzig.

„Das ist nicht deine Aufgabe. Dafür bezahlen wir dich nicht." Ihre Stimme war nicht zornig. „Du sollst sie pflegen. Mit ihr zu reden bringt überhaupt nichts. Sie wird nicht antworten. Meine Tochter ist", sie schluckte, „fort."

Nein! Ich war hier. Ich hörte, sah und fühlte alles. Warum bemerkte sie es nicht? Innerlich tobte ich, schmiss mit schlimmen Wörtern um mich, doch äußerlich saß ich ruhig auf meinem Rollstuhl.

„Frau Feldmann, ich glaube nicht, dass sie weg ist ..."

„Es reicht!" Meine Mutter unterbrach sie barsch. „Bring sie zurück auf ihr Zimmer." Steph schob mich, den Befehl meiner Mutter ignorierend, weiter zur Haustür. Im Flur nahm sie eine warme Decke, die sie über mich legte. Sie blieb noch kurz vor mir in der Hocke. „Draußen liegt Schnee."

Ich fing innerlich an zu strahlen und das Gespräch zwischen Steph und meiner Mutter war vergessen. Sie öffnete die Tür und schob mich hinaus in die Kälte. Alles war weiß. Unter einen Baum ließ sie mich stehen. „Ich bin kurz drinnen. Lauf nicht weg." Sehr lustig ...

Zurück kam sie mit mehreren Schals, Mützen, und meinem ausrangierten ersten Rollstuhl. Dann rollte sie große Schneekugeln und platzierte sie auf der Sitzfläche. Als nächstes formte sie Beine und Arme und drehte sich dann mit dem Rest zu mir um: „Welche Farbe? Grün oder braun?" Grün, eindeutig grün! „Du hast recht: Grün passt super."

Während sie den Schneemann anzog, geschah es: Ein leises Rascheln, gefolgt von einem Rauschen erklang über mir. Dann war alles dunkel und kalt. Kurz darauf war mein Kopf wieder im Freien, wo ich eine geschockte Steph sah, die mich wieder ausbuddelte. Plötzlich blickte sie mich an und lachte schallend. Das war nicht lustig!

„Du hast eben ganz schön mit den Augen gerollt", sagte Steph nachdenklich: „Ich frage mich-" Sie machte eine Pause. „Ich habe seit einiger Zeit eine Idee …"

Der Winter ging, der Frühling kam.

„Alles Gute zum Geburtstag, Liebes." Steph schob mich ins Esszimmer, wo auf dem Tisch ein kleines Paket lag. „Deine Eltern sind schon auf der Arbeit, sie haben das aber für dich da gelassen. Ich mache es für dich auf." Sie entfernte das Geschenkpapier. Eine CD. Es war die Aufnahme von einem meiner Auftritte. Lauter Applaus kam nun aus der Anlage und dann begann eins meiner Lieblingsstücke: „Dance of the Marionettes". Ich war fest entschlossen später Musikerin zu werden. Damals. Doch nun war es unmöglich. Jetzt war ich die Marionette.

Die letzten Töne verklangen, zurück blieb eine unglaubliche Stille, die von Stephs leisem Schluchzen unterbrochen wurde. Mir blieb nichts anderes übrig, als ihr stumm beim Weinen zu zu sehen.

Als sie sich wieder etwas beruhigt hatte, schob sie mich mit meinem Rollstuhl zum Klavier. Sie holte sich selbst einen Hocker und setzte sich neben mich. Dann tat sie etwas, womit ich nicht gerechnet hatte. Vorsichtig nahm sie meine Zeigefinger in die Hand und fing an, den Flohwalzer mit ihnen zu spielen. Es war ein sehr einfaches Stück und es klang ziemlich holprig, dennoch fühlte ich mich glücklich. Alles um mich herum verschwand. Nur noch wir beide waren da. Ich war hier!

Irgendwann wurden wir von einem leisen Schniefen unterbrochen. Meine Mutter und mein Vater standen im Türrahmen. Doch sie wirkten nicht traurig. Nein, sie lächelten. Langsam kamen sie schließlich auf mich zu und nahmen mich in den Arm. Wie sehr hatte ich das vermisst. Es klingelte an der Haustür. „Amila," sagte Steph „Ich habe auch ein Geschenk für dich." Meine Eltern ließen mich los und schauten sie verwundert an.

„Hallo Amila. Mein Name ist Dr. Becker. Ich bin Ärztin. Deine... Freundin Stephanie hat mich eingeladen", sagte eine ältere Frau in einem weißen Kittel zu mir, während sie einen kleinen Monitor und Kabel an meinem Rollstuhl befestigte. Die Ärztin drückte einen Knopf und eine Tastatur erschien. „Jetzt schaue auf die Buchstaben, mit denen du schreiben willst und wenn du fertig bist, musst du hierauf schauen." Sie zeigte auf eine Schaltfläche. Wartend blickten mich alle an. Schließlich fing ich an zu schreiben und bei jedem Buchstaben wuchs die Spannung. Als ich endlich fertig war, schaute ich auf das Symbol, und eine Stimme las sie vor:

„Ich. Bin. Hier."

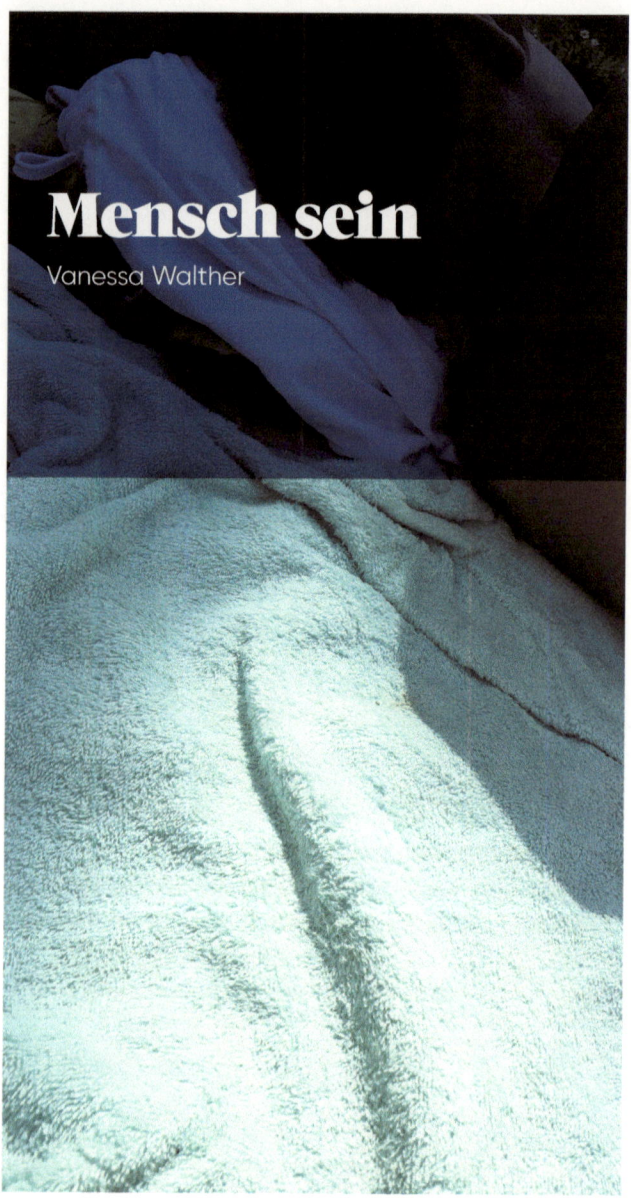

Mensch sein

Vanessa Walther

Ich bin nur ein Mensch.

In meiner Hand zerbrechen Dinge und wachsen welche.

In meinem Herzen ist es trüb und gleichzeitig klarer als Wasser.

In meinem Kopf ist das pure Chaos und

Mit viel Anstrengung entsteht daraus ein perfekter Plan.

Ich kann es tun.

Ich bin nur ein Mensch.

Ich kann laufen und fallen.

Stehen bleiben und den Moment genießen.

Stolpern und humpeln.

Lächeln und weinen.

Ich bin nur ein Mensch.

Ich darf sein wer ich bin.

Die Nacht in der die Sterne fielen

Isabel Jacquier

Verzweifelt presste ich mich noch fester in die Büsche, die die Straße säumten. Alles in mir schrie danach zu rennen, weg von der Gefahr, doch ich rührte keinen Muskel. Leise atmend lauschte ich in die Dunkelheit. Klirren, Krachen und Knacken erfüllen meine Ohren. Bellende Rufe und panische Schreie. Und dann fielen Schüsse. Ich biss mir auf die Zunge, um nicht zu schreien. Das Knallen durchbrach die anderen Geräusche und verkündete den Schrecken. Die Totenstille, die folgte war beängstigend. Ich hielt die Luft an um keinen Laut von mir zu geben. Die Stille war erdrückend und die Ungewissheit brachte mich beinahe um. Dann, nach einigen viel zu langen Sekunden erschallte ein kaltes Lachen. Es war so leer und böse, dass es mir einen eisigen Schauer über den Rücken jagte. Zitternd drückte ich meine Hände auf die Ohren. Ich wollte dieses grauenhafte Geräusch nicht ertragen. Es war so still. Als ob die Welt innehalten würde, als ob sie nicht gerade zusammenbrach. Doch ich durfte mich nicht in diese verlockende Stille flüchten.

Vorsichtig ließ ich meine Hände sinken. Es war wieder ruhig, nur in der Ferne hörte ich Schritte verhallen. Ich trat aus meinem Versteck und alles, was ich sah war Zerstörung: die Straße war verwüstet worden, Hauswände beschmiert, Türen eingetreten und Fenster eingeschlagen. Die Scherben lagen auf dem Pflaster und spiegelten das Mondlicht. Sie brachten die Straßen zum Funkeln, wie tausende Kristalle, wie zerbrochene Sterne. Körper lagen zwischen ihnen, Menschen, die in dieser schrecklichen Nacht ihr Leben ausgehaucht hatten. Ich lief die Straße hinauf, bis ich vor ihnen stand. Ein kaltes Gefühl stieg in mir auf. Dumpf und schmerzvoll, ich kannte diese Leute. Jedenfalls hatte ich sie gekannt. Sie trugen gelben Sterne an ihren Mänteln. Ich griff an meine Brust und spürte, wie mir die spitzen Zacken in die Finger piksten. Eine Träne lief mir die Wange hinunter. Wer tat so etwas? Und warum?

Wir trugen die Sterne, doch die Leute erkannten nicht, dass wir auch die Sterne waren. Sie sahen unser Licht nicht und sie sahen auch nicht, wie es erlosch.

Ich kniete nieder und schloss ihnen die Augen. Nichtmal das hatten sie getan! Mir wurde übel, als ich daran dachte, was diese Soldaten getan hatten und was sie noch tun würden. Ich musste hier weg! Meine Beine liefen los, bevor ich es überhaupt verstand. Sie trugen mich weg. Weg von der Zerstörung, weg von den Toten. Erst zwei Straßen weiter hielt ich atemlos an.

Ich holte tief Luft um den aufkeimenden Schwindel zu vertreiben. Meine Lunge füllte sich, doch es war Rauch. Er brannte in meiner Kehle und brachte mich zum Husten. Feuer, irgendwo brannte es! Ich blickte hinauf in den schwarzen Nachthimmel. Rauch stieg hinter den Häusern auf. Auf einem Turm tanzte das Feuer. Flammen züngelten den Sternen entgegen und bliesen Rauchwolken vor den Mond. Mein Herz setzte aus und die Angst raubte mir den Atem: das Haus meines Gottes stand in Flammen.

Ich rannte, flog beinahe über das Pflaster. Die Sternscherben knirschten unter meinen Füßen, doch es war nicht wichtig. Mein Herz schlug schnell und meine Lungen protestierten, ich lief weiter. Keuchend kam ich an. Auch hier war alles zerstört und verwüstet. Doch die Soldaten waren noch dort. Sie standen vor dem Eingang, starrten mit eiserner Mine in die Dunkelheit und hielten ihre Gewehre anschlagbereit vor sich. Diese Männer würden nicht davor zurückschrecken zu töten. Ich wollte hinrennen, irgendetwas tun, aber ich konnte nicht. Hilflos stand ich da und sah zu, wie das Feuer sich immer mehr raubte. Ich wollte zum Himmel schreien, welch ein Unrecht gerade geschah, doch kein Ton verließ meine Lippen. Ich konnte nichts tun.

Eine Gruppe von Sternen kam auf den Platz gestürmt. Sie trugen Wassereimer bei sich, bereit die unmögliche Schlacht gegen das Feuer zu schlagen. Doch die Soldaten ließen ihnen keine Zeit. Unbarmherzig schossen sie, bis sich niemand mehr rührte. Blut tropfte von den gefallenen, benetzte das Pflaster. Es war Zeuge des Unrechts, dass diese Nacht geschehen war. Doch es würde auf ewig schweigen.

Diesmal konnte ich ein Wimmern nicht mehr unterdrücken. Es schwoll heran und durchbrach die Stille. Einer der Soldaten entdeckte mich. Er zielte auf mich, bereit meinem kurzen Leben ein Ende zu setzen. Und er schoss. Die

Kugel zischte durch die Luft und schlug keine Fünf Zentimeter neben meinem Kopf in eine Hauswand ein. Ich keuchte auf. Der Soldat lud nach doch einer seiner Kameraden hielt ihn zurück. Er flüsterte ihm etwas zu und beide lachten. Kein freundliches, warmes Lachen, sondern ein kaltes, gemeines. Meine Kehle wurde trocken. Einer der beiden winkte mich zu sich.

Ich hatte keine Wahl, wenn ich wegrannte, würden sie mich erschießen. Mit zitternden Beinen schritt ich auf sie zu. Sie grinsten böse und Angst stieg in mir auf. Was hatten sie vor? Als ich bei ihnen ankam, traten sie zur Seite. Einer öffnete das schwere Portal und deutete mir mit einer spöttischen Verneigung an hinein zu gehen.

Mir stockte der Atem. So grausam konnte doch niemand sein! Flehend sah ich zu dem Mann auf, doch dieser lachte nur noch lauter. Und dann wurde ich in das brennende Gebäude geschubst. Das schwere Tor fiel hinter mir ins Schloss. Panisch blickte ich umher, doch wo ich auch hinsah, tanzten die Flammen vor meinen Augen. Ich schauderte. Der heiße, stickige Rauch brachte mich wieder zum Keuchen. Hustend lief ich dorthin, wo am wenigsten Feuer war. Eine Treppe erstreckte sich vor mir. Ohne zu zögern betrat ich sie und stürmte nach oben.

Als ich die Aussichtsplattform erreichte, brach ich zusammen. Die schwere, rauchige Luft drückte mich nach unten. Von allen Seiten kreiste mich das Feuer ein. Verzweifelt suchte ich einen Ausweg, doch es gab keinen. Die Plattform ragte viele Meter über dem Boden. Ich konnte nicht überleben. Heute Nacht würde ich sterben.

Etwas in mir versuchte dagegen anzukämpfen, doch es war die Wahrheit. Der Rauch und das Knistern der Flammen vernebelten meinen Kopf. Dies war die Nacht in der wir fallen würden. Es gab keine Chance. Ich wollte weinen, doch das Feuer schien mir die Tränen ausgebrannt zu haben. Langsam, beinahe andächtig trat ich an die Brüstung. Unter mir funkelten die Sternsplitter. So rein und unschuldig. Sie riefen nach mir. Ich kletterte auf die Brüstung, stand für diesen einen Moment über allem und dann sprang ich. Ich schwebte dem Boden entgegen, wo die anderen schon auf mich warteten. Und ich wusste: dies war die Nacht, in der wir Sterne fielen.

Der Magnolien-baum

Chiara Schmeller

Auf der kleinen Bergeshöhe
Stand einst ein Magnolienbaum.
Wenn Wind und Wetter ihn umwehten
Kümmerte ihn all das kaum.

So viel wichtigere Dinge
Gab's von seinem Punkt zu sehen.
Stunden, Tage, Wochen, Jahre
Sah er kommen und auch gehen.

Im Frühling sah er jedes Jahr
Wie der Maulwurf Gräben wühlte;
Wie Gräser aus dem Boden sprossen,
Und hier und da der Klatschmohn blühte.

Der Sommer brachte Klee mit sich,
Grillen zirpten auf dem Feld,
Pilger pilgerten ins Land;
Wie schön und heil war doch die Welt!

Im Herbst fielen die leichten Blätter
Langsam auf den Boden nieder.
Orange und rot und gelb gefärbt;
Welch' Stille herrschte plötzlich wieder.

Unser immergrüner Baum
Sah eingehüllt von Wogen zu,
Wie sich im Winter Tiere, Pflanzen,
Menschen legten sacht zur Ruh'.

Doch nicht nur Jahreszeitenwechsel
Gingen unter ihm ins Land
Auch weit größeres Geschehen
War dem Baume wohlbekannt.

Er sah wie Menschen einst begannen,
Samen auf das Feld zu sähen,
Wie sie beteten und bangten
Um zu ernten und zu mähen.

Er sah, wie Herrscher übernahmen,
Sich Menschen dreistens unterwarfen.
Sie lebten wie es grad' gefiel,
Verhängten bitterböse Strafen.

Auch Kriege wurden bald geführt,
Um Ländereien einzunehmen.
Blut färbte den einst grünen Boden
Und Schreie waren zu vernehmen.

Und je mehr im Land geschieht,
Desto mehr sieht unser Baum
Wie die Menschen Stück für Stück
Demokratie und Recht erbau'n.

Doch das Ende der Geschichte
Ist noch lange nicht erreicht.
Das Rot des blutgetränkten Bodens
Dem Grau von Beton nun weicht.

Die Sicht des Magnolienbaumes
Wir vom Häuserblock versperrt.
Seine Freiheit wird genommen
Und sein Blick ist schmerzverzerrt.

„Es ist fünf vor zwölf“, sagt einer,
Trotzdem kippt er Müll ins Meer.
Luft und Wasser sind verschmutzt,
Viel Grün gibt es längst nicht mehr.

Der Magnolienbaum bedauert,
Dass er selbst nicht schreien kann.
„Was ist hier in 50 Jahren?“,
Fragt er sich jetzt dann und wann.

Verhaltensweisen zu verändern,
Dauert meistens eine Weile.
Und es wirkt als hätten viele
Dazu auch gar keine Eile.

Eines schönen Frühlingsmorgens
Steige ich auf unser'n Berg.
Vieles hier geschieht so langsam,
Dass ich's eigentlich kaum merk.

Trotzdem leg ich meine Hand
Behutsam auf des Baumes Rinde.
Traurig, was ich alles tu,
Für was ich alles Gründe finde.

Still.

Ich klettere nach oben nun,
Seh' die Landschaft klar und weit.
Die Veränderung wird kommen
Über allem schwebt die Zeit.

Die Party

Jule Schöbel

Die Knie angewinkelt sitze ich auf einer dreckigen und vor allem alten Bierzeltgarnitur. Zusammen mit 15 anderen Jugendlichen feiert meine beste Freundin ihren 16. Geburtstag, zu dem ich natürlich eingelanden bin.

Ein fleischiger Wurstfinger tippt auf meine Schulter, und ein Junge mit glasigem Blick und einem runden Gesicht fragt galant: „Ey Alter, kann isch sitzen?" Doch bevor ich meinen Satz beginnen kann, drückt er mich grob zur Seite, nimmt sich eine Bierflasche vom Tisch, und stimmt mit einem Grunzen in das Johlen seiner bezaubernden Freunde ein.

Meine Oma pflegt oft zu sagen: „Die Jugend von heute, alles Schwachköpfe." Und wenn ich mich so umsehe, könnte da etwas dran sein. Genervt stehe ich von der Bank auf, die gefährlich anfängt zu knacken. Schlimmer kann es nicht mehr werden, denke ich, als plötzlich ein riesengroßer Bluetoothlautsprecher in das Zelt getragen wird. Zu früh gefreut. Sofort ruft ein großes Mädchen mit langen braunen Haaren, und einem so kurzen Oberteil, dass man denken könnte, es wäre einer tollwütigen Ratte zum Opfer gefallen: „Ich will was von Ariana Grande hören!" Immer mehr Vorschläge werden in den Raum geworfen, bis schließlich ein gewisser Wurstfingriger Junge durch die Menge brüllt: „Lass mal Deutsch-Rap hören." Euphorisch fängt die Menge an zu kreischen, was mich dazu veranlasst, noch panischer zu werden. Oh Nein, Bitte...

Der dumpfe Klang von schlechtem Autotune schallt in meine Ohren, und ich merke, wie mich die Hoffnung verlässt, einen einigermaßen zivilisierten Abend zu erleben. Und als Rapper A dann schließlich anfängt, darüber zu philosophieren, wieviele Nutten er schon gevögelt hat, reißt bei mir der letzte Geduldsfaden. Der Drang, den Kopf gegen eine naheliegende Mauer zu schlagen, nur um diese scheußliche Musik nicht mehr zu hören, wird immer größer. Ohne darauf zu achten, wer mir in die Quere kommt, bahne ich mir einen Weg durch das aufgeregte Getümmel. Vor einer Hauswand komme ich schließlich zum Stillstand, und lasse mich daran hinunter. Betrachtet man die Meute mal genau stellt man fest, dass sie die Motorik von Gorillas, und den IQ eines Neandertalers besitzen. Und ich bin mir nicht sich ob einige das Wort IQ buchstabieren können.

Plötzlich rumst es und es ertönen vereinzelte Schreie. Ein Junge mit schwarzen Haaren springt energisch auf und, fängt an die Bank zu beschimpfen: „Junge, ich schwör ich fick dich kaputt, du Hurensohn! Was willst du?" Nicht nur, dass das Beschimpfen einer Bierzeltgarnitur lächerlich wäre, doch die Tatsache das seine Freunde auch noch hinter ihm stehen und ihn dabei anfeuern, setzt dem ganzen die Krone auf. Vorsichtig krempele ich den Ärmel meines „Nicht-Super-Fancy-Marken-Pullovers" hoch, und schaue auf meine Armbanduhr. 22:32. Noch eine Stunde, dann kann ich mich endlich diesem Alptraum aus schlechter Musik, und schwitzenden Halbstarken entziehen.

Plötzlich höre ich schwere Schritte, die immer weiter in meine Richtung kommen. Ich schlage die Hände über dem Kopf zusammen, und bete, das ich mich nicht mit irgendwelchen angetrunken Jugendlichen unterhalten muss. „Ey.... ähhhh... was geht?", fragt ein Mädchen, ungefähr 15 Jahre, mit einem dümmlichen Gesichtsausdruck. Ein Schmunzeln schleicht sich über meine Lippen. Die Personifizierung von Dudley Dursley in weiblich steht vor meinen Füßen. „Nicht viel", antworte ich. „Willst'n Bier?", fragt sie und streckt mir eine Flasche vor die Nase. „Nein danke, ähh... ich hatte schon.", lüge ich. Würde ich das Bier annehmen, müsste ich mit ihr trinken, was anschließend gezwungenen Smalltalk, über Themen mit denen ich mich nicht auskenne, zur Folge hätte. Plötzlich fängt sie an zu schwanken, und ihr Gesicht nimmt eine kalkweiße Farbe an.

‚Ist alles in Ordnung?", frage ich vorsichtig. Und dann passiert es. Mit einer Hand ihren Magen umfassend, erbricht sie sich direkt vor meine Füße. Unfähig irgendetwas zu sagen, presse ich mich gegen die kalte Steinmauer. Langsam schaue ich an mir herunter und betrachte das vollbrachte Werk meines Gegenübers. Vor mir, erstreckt sich ein buntes Gemisch aus

Chips, Geburtstagskuchen, Bier, Schokolade, und aus einem unerfindlichen Grund Mais. Außerdem hat sie meine Lieblingsschuhe mit ein paar schicken Sprencklern versehen, die davor definitiv noch nicht da waren. Der süße Geruch von Kotze steigt mir in die Nase, was die Situation nicht gerade besser werden lässt. „Ups, Sorry...wann hab ich'n Mais gegessen?"

Es reicht.

Hektisch durch den Mund atmend springe ich auf, und stürme ins Zelt zurück. Es läuft noch immer Deutsch-Rap, und was als Geburtstagsfeier begann, hat sich zum Tenniebesäufniss der Jahrtausendwende entwickelt. Ein Mädchen sitzt heulend in der Ecke, den Kopf verzweifelt in die Hände gestützte, als würde sie gerade eine existenzielle Krise durchmachen. Auf der gegenüberliegenden Seite fängt ein Pärchen an, sich gegenseitig abzuschlabbern, und es scheint sie nicht im Geringsten zu stören, dass jeder ihren Austausch von Speichel sehen kann. Plötzlich packt mich eine Hand auf der Schulter, und ich blicke in das grinsende Gesicht meiner Freundin: „Und, wie findest du die Party?"

„Ähh, ganz toll. Aber ich muss langsam los, ich will nicht, dass meine Mutter sich Sorgen macht."

Enttäuscht schaut sie mich an: „Was!? Aber du bist doch erst so kurz hier. Hast du überhaupt schon was getrunken? Oder getanzt?" „Nee aber das ist sowieso nicht mein Ding, alles gut. „Nein, das lasse ich nicht zu, du musst einmal getanzt haben!", sagt sie entschlossen und zerrt mich schon fast gewaltsam auf die Tanzfläche. Auf einmal kommen die Gäste dazu, und fangen an sich wild im Kreis zu drehen. Steif wie ein Brett stehe ich mitten in diesem Treiben, unfähig mich zu bewegen. Als ich mich langsam umdrehen will, um heimlich zu verschwinden, tanzt mich ein blonder Junge, mit Wurstfingern und einem rundem Gesicht an. Das kann doch nicht wahr sein, oder? Mit seinem verschwitztem, stinkendem Körper fängt er an, sich an meinem Hinterteil zu reiben wie ein Affe mit Teststosteronüberschuss.

Ohne zu zögern, ramme ich ihm meine Faust mitten ins Gesicht, um ihm anschließend nochmal in sein Allerheiligstes zu treten. Er taumelt zwei Meter nach hinten, und fällt mitten auf seinen wabbeligen Po. Mit schmerzverzerrtem Gesicht liegt Wursti am Boden. Die Musik wird schlagartig ausgemacht, und ich werde von allen Seiten angestarrt. Alle fangen wild an zu tuscheln, und die Stimmung wird sehr unbehaglich. Viele Finger sind auf mich gerichtet und wütende Gesichter blicken in mein Gesicht. „Es tut mir leid, aber... er hat mich belästigt. Wirklich ich schwör's. Ohne Vorwarnung fängt die Menge im Chor an zu rufen: „Schläger, Schläger, Schläger!" Ich fange an mich schuldig zu fühlen. Alles fängt an sich zu drehen und dann ist da nur noch schwarz.

Keuchend und schweißgebadet wache ich auf. Mit dem Ellenbogen wische ich mir die Stirn ab, während mein Blick zu meinem Wecker auf dem Nachttisch wandert. 8:32 Uhr. Ich habe geträumt. Das war alles nicht echt, es war nur ein Hirngespinst meiner Fantasie. Langsam beruhigt sich mein Puls wieder, und ich kann entspannt ausatmen. Die Feier meiner Freundin beginnt erst in 10 Stunden. Puhh, Glück gehabt. Das ist ja auch albern. Es gibt niemanden auf der Welt der so schlimm sein kann, oder?

Meine Oma pflegt oft zu sagen: „Die Jugend von Heute, alles Schwachköpfe." Und vielleicht ist da manchmal auch etwas dran. Wir sind vielleicht mal anstrengend, nervig und vor allem viel zu handysüchtig. Aber deswegen ist ja nicht jeder so. Ich kenne so viele Jugendliche, die nicht nur zu Schulzwecken ein Buch in der Hand haben, die noch rausgehen und Respekt vor älteren Menschen haben. Aber uns auf ein paar Ausnahmefälle zu reduzieren? Auf Ausrutscher, die menschlich sind und die fast jedem irgendwann mal passier sind?

Mit einem Lächeln lege ich mich zurück auf mein weiches Kissen. Ich muss mir keine Gedanken machen. Die Party heute Abend kann kommen.

Bei dir

Aliah Koch

Aber wenn ich nicht sein kann,

Wer ich sein will,

Warum bin ich dann noch hier?

Stehe neben dir,

Als gäbe es ein "wir".

Ohne, dass ich kapier

Was ich durch dich verlier,

Stehe ich neben dir

Und hoffe auf ein "wir".

Aber warum bin ich dann noch hier,

Wenn ich bei dir

Doch nur mich selbst verlier?

Beweis von runden Ecken

Kira Grohs

„Wisst ihr, was ich mir schon immer gewünscht habe? Es ist dieser primitive Traum. Nachts. Am Meer. Einfach nur da sitzen und übers Leben reden. Bis irgendwann die Sonne aufgeht."

Klaire und Annie ziehen ihre Nase hoch. Das Mondlicht spiegelt sich in ihren Augen und ich spüre, dass sie schon wieder kurz vorm Weinen sind.

„Lächerlich." Wir drehen uns zu Annie.

„Das ist doch alles lächerlich, wie wir hier sitzen und fast am Heulen sind, obwohl Tas uns dafür geschlagen hätte." Wir lachen alle, bis uns die Erinnerungen wieder überrumpeln.

„Wie er Melli angeschrien hat, als sie geweint hat wegen dem Hamster", sagt Annie mit einer Mischung aus so vielen Erinnerungsgefühlen, die uns überkommen bei allem, was wir so erlebt haben, und diesem Loch in unserem Herzen. Diese Lücke, die wir irgendwie nicht wieder voll bekommen. Und wie ihre Worte irgendwo in der Weite verschwinden, tauche ich ab in diesem Moment. Und den Bildern. Als könnte ich mich verlieren, während ich mich wiederfinde. In einer so schönen Zeit.

Eine Weile lang bleibt es leise und wir sehen nur auf die Wellen. Wie sie so unkontrolliert sind. Und trotzdem sind sie in sich stimmig, wie nichts anderes auf der Welt. "Erinnert ihr euch noch an seine Formel? Aus der sechsten?" Klaire lächelt. "Sein ultimativer Beweis. Denn wenn man immer weiter sechs Schritte geht und sich nach dem sechsten um neunzig Grad dreht…" Die Tränen ersticken ihre Stimme und sie holt Luft. "...dann geht man trotzdem nie ein und dasselbe Quadrat." "Und nach maximal 30 Quadraten, erkennt man die Ecken nicht mehr." Ich beende ihren Satz und male mit meinen Fingern ein Viereck in den Sand.

"Und Herr Dresse hat es nicht glauben wollen."

Stille.

Nur Vögel. Und Wind. Und irgendwo Autos, aber an die wollen wir gar nicht denken. Das hier, diese Pseudo-Beerdigung, sie sollte natürlich sein. Schließlich hat er die Natur geliebt. Es nie zugegeben, klingt zu philosophisch , aber er hat sie geliebt. „Er hätte das hier niemals mitgemacht."

„Stimmt, er ist viel zu cool für sowas." Mir laufen müde Tränen über die Wangen, noch ein paar Bilder, die ich nicht mehr sehen werde.

„Außer am Feuerwerk letztes Jahr." Mein Blick ist starr auf den Ozean gerichtet. Aber ich sehe es genau vor mir. „Als wir hochgegangen sind um zwei Uhr und gesucht haben, wo immer noch gezündet wird." Ich sehe ihn vor mir, ich weiß, er hatte Tränen in den Augen.

Irgendwas war anders. „Ich habe nichts gesagt. Ich bin einfach leise gewesen, dachte, er will das sicher nicht." Mein Blick verschwimmt, ich sacke in mich zusammen. „Es ist meine Schuld, oder?"

Ich höre, was die anderen sagen, aber ich weiß es schon zu lange, als dass das etwas bringen könnte. „Ich wusste es schon viel länger. Ich habe es gesehen. Seine leeren Augen. Wie nervös er auf einmal wurde, wenn es um sowas ging. Und ich habe einfach nichts gesagt." Wie fremdgesteuert stehe ich auf und gehe zum Wasser.

Meine Füße hinterlassen mit jedem Schritt einen Fußabdruck, der genauso schuldig ist, wie ich es bin. Sie schreiben meine Geschichte in den Sand, der Sekunden danach wegweht und es in die ganze Welt herausträgt. Und genauso fühlt es sich an. Die ganze Welt schreit, es sei meine Schuld. Das Gefühl pappt sich an mich wie eine zweite Haut, die man nicht abkratzen kann, drückt mich in eine Richtung, in die ich nicht gehen will.

„Warte!"

Von hinten umgreifen mich Annies Arme. „Es ist nicht deine Schuld! Ich wusste es auch! Ich habe es auch nicht gesagt. Wir können nichts dagegen tun. Bitte! Rede dir das nicht ein, das macht dich nur kaputt."

„Genau Lex. Bitte, wirklich, du kannst nichts dafür. So holst du ihn auch nicht zurück." Und als würde das irgendwelche Mauern einreißen, die sonst vor uns verborgen waren, wird uns allen klar, wie unkontrollierbar das alles ist. Es ist so. Und ich muss damit leben.

„Komm", Annie nimmt uns beide an die Hand. Und sie hält uns zusammen, wie sie es immer getan hat und tun wird, „wir sagen Tschüss." Und dann gehen wir ins Wasser. Das Wasser, das sich so bewegt, wie es will. Mit der Flut kommt und später wieder geht. Das Wasser, das irgendwo hinter all dem Chaos und hinter all dem Nichtsystem die Ruhe findet. Das Wasser, in dem jetzt er liegt. Bis zu den Schultern gehen wir hinein. Einfach in Klamotten und mit Tränen im Gesicht, die eins werden mit all dem Wasser. Ich tauche unter und schließe meine Augen. Ich bin schwerelos. Kann fliegen. So wie er es jetzt vielleicht kann. Vielleicht bin ich benebelt von der langen Nacht, aber er steht vor mir.

Ich sehe ihn. Mit braunen Augen strahlt er mich an. Seine Haare schweben im Wasser nach oben und er lächelt mit seiner typischen hochgezogenen Augenbraue. Er hebt seine Hand, ich will sie grade greifen. Ich will mit ihm gehen. Egal, wohin. Aber er zeigt hinter mich. Mit den Füßen fest im Boden, als würde das Wasser mir die Schwerelosigkeit nicht anvertrauen, drehe ich mich um. Und hinter mir ist eine Tür.

Wäre ich nicht im Meer, würden meine Tränen mir wahrscheinlich den Atem nehmen. Ich blicke wieder zu ihm und er nickt. Ich will das aber nicht. Ich will nicht Abschied nehmen.

Aber es ist der richtige Weg. Für ihn und für mich. Ich kann mir nicht weiter einbilden, ich bekomme das alles zurück. Und dann drücke ich die Türklinke herunter. Und er schwimmt durch die Tür, die irgendwo im Licht niemals enden wird. Ich tauche auf, hole Luft. „Was hast du gemacht?", Klaire reißt mich aus meiner eigenen Welt.

„Ich habe ihm die Tür aufgemacht."

Und wir halten uns in den Armen. Irgendwo, mitten im Ozean, wahrscheinlich nur vier Meter vom Strand entfernt, werden wir Teil von etwas, das größer ist, als alles um uns herum. Zu einem System, das keiner kontrolliert. Aber das hat es auch nicht nötig. Denn jede kleine Einzigartigkeit macht die Ecken rund.

Licht

Mina Ravo

Oh was soll ich ohne dich,

Du mein kleines Licht.

Du der mich befreit,

Nur durch deine Tapferkeit.

Was soll ich tun so ganz allein?

Ich möchte doch nur bei dir sein

Und wenn du mich gefunden hast,

Dann bin ich frei von meiner Last.

Und bis die Zeit vergangen ist,

Warte ich und frage mich:

Kommst du und wirst bei mir sein

Oder bleibe ich nun doch allein?

Ich werde auf dich warten

Lisa Mair

Sie schlägt die Türe zu. Nachdenklich blickt sie dem Taxi hinterher, wie es hinter der nächsten Ecke verschwindet. Die Regentropfen fallen auf ihre Stirn. Unbemerkt läuft die Mascara in dunklen Bächen ihre rosigen Wangen hinunter. Schützend hält sich das Mädchen ihren Schulordner über den Kopf und sucht verzweifelt nach einer Möglichkeit, die befahrene Straße zu überqueren. Ihre gelben Chucks saugen das Wasser auf wie ein trockener Schwamm. Ein winziger Farbtupfer in der Einöde der Großstadt.

So viele Menschen und doch so wenig Menschlichkeit, denkt sie. Hinter den Autoscheiben mürrische Männer mit tiefen Falten im Gesicht. Telefonierende Frauen die stille Rhythmen auf das Lenkrad trommeln. Lärmende Kinder die Herzen an die Fensterscheiben malen. Doch keiner hält an, um die Schülerin überqueren zu lassen. Seufzend stellt sie sich bei einem bereits geschlossenen Straßencafé unter. Den schweren Ordner, der all den Ballast beinhaltet, der ihre Fantasie verstellt, lehnt sie gegen die kalte Mauer.

Langsam richtet sie sich auf und blickt einem zierlichen Mädchen mit langen, blonden Haaren entgegen. An ihrer Stirn lösen sich bereits langsam ein paar eigensinnige Locken aus ihrem lässig hochgebundenen Dutt. Ihre Wangen sind besprenkelt mit kleinen Sommersprossen, die ein bisschen den Herbst in den Hintergrund rücken und die letzten Sonnenstrahlen am Leben erhalten. Ihre grünen Augen erzählen von Abenteuern, die darauf warten, erlebt zu werden und großen Träumen. Auf ihren Lippen spiegelt sich das Lächeln, das ihr ein anderer geschenkt hat.

Vorsichtig legt das Mädchen ihre Handfläche gegen die ihres blassen Spiegelbildes. Dann weicht sie einen Schritt zurück und kramt ihre roten Ohrstöpsel aus der Jackentasche ihrer gelben Regenjacke. Musik ein. Realität aus. Regentropfen verschmelzen vor ihren Augen zu einem gigantischen Konfettiregen, der sich über die Woge des Hochhausmeeres ergießt. Die

Straßenlaternen werden zu Scheinwerfern, der Gehweg zu einer Tanzfläche und dieser Moment zu ihrem.

Der Ordner ist umgefallen. Sätze und Gleichungen über Situationen, die nie eintreten oder relevant sein werden verschwimmen zu einer belanglosen Buchstabensuppe und verlieren für diese Nacht an Bedeutung. Während hinter dunkeln Wolken die Finsternis die Sonne ablöst, tanzt irgendwo in schreiender Stille und zwischen depressiven Wolkenkratzern ein kleines Mädchen unbekümmert ihre eigene Choreographie zu dem Song ihres Herzens.

Während einsame Seelen in Einsamkeit einsamen Gedanken nachhängen, genießt ein kleines Mädchen diesen Moment und lässt ihn zu einer winzigen Ewigkeit werden. Während laute Menschen unerreichbaren Zielen hinterherrennen und immer schneller noch höhere materielle Gewinne erzielen wollen, tanzt ein leises Mädchen in einer selbst erschaffenen Traumwelt und ist sich selbst genug. Während eintönige Menschen in schwarzen Anzügen und dunklen Masken immer warten – auf den nächsten Morgen, auf eine bessere Gelegenheit, auf einen, der es vormacht, auf den perfekten Moment – nimmt sich ein kleines Mädchen in gelben Chucks einfach diesen Moment und füllt ihn mit dem Zauber ihrer Fantasie.

Doch plötzlich verharrt sie mitten in der Bewegung. Ihr Blick fällt auf eine Pfütze, die sich in einem Schlagloch gebildet hat. Auf ihrer gläsernen Oberfläche spiegelt sich der dunkle Nachthimmel mit all seinen funkelnden Sternen. Jeder von ihnen steht für einen Träumer dort draußen in der großen weiten Welt. Ein feiner Schleier aus Tränen legt sich über ihre kindlichen Augen, die das, was sie betrachten, auch tatsächlich sehen und nicht auf Täuschungen hineinfallen. So glücklich sie auch ist, etwas in ihrem Inneren sehnt sich nach mehr, fleht nach jemandem, der mit ihr tanzt, schreit nach Liebe. Nach jemandem, in dessen Umarmung sie ihr Zuhause findet und der die Farben hat, sie an den Stellen anzumalen, wo die Welt nur Grau für sie hatte. Nach jemandem, bei dem sie aufhören kann, so zu spielen als ob und bei dem sie sie selbst sein kann. Lächelnd und voll Zuversicht haucht das Mädchen den einsamen Sternen entgegen: „Ich weiß, dass Du irgendwo da draußen bist, mein Superman und dass einer dieser Sterne Deinen Namen trägt. Irgendwo blickst Du vielleicht gerade in denselben Nachthimmel wie ich und denkst an Deine Traumprinzessin."

Ein stillschweigendes Lächeln breitet sich in ihr aus, das in der Beruhigung schwelgt, dass sie nicht alleine ist. „Ich weiß, dass du kommen wirst, wenn auch womöglich erst in ein paar Jahren. Vielleicht steckst du gerade noch im Stau oder bügelst deinen roten Umhang." Und irgendwo in einem Atlantik aus Hochhäusern, die den Himmel nie erreichen werden und maschinellen Menschen, die das Prinzip zu leben nie verstehen werden und zwischen lauten Autos, die die Macht des Stillstands und der Ruhe nie begreifen werden, springt ein kleines Mädchen in gelben Chucks zu dem Rhythmus ihres Herzens in eine Pfütze am Wegrand während über ihr eine Sternschnuppe den nachtblauen Ozean erhellt.

Oh Baum

Mina Ravo

Den Baum, den ich erblicke,

Von Tag zu Tag,

Schaut aus, als wenn er mir was sagen mag.

Nun sprich, oh Baum

Und sag es mir.

Warum sonst wär ich jetzt hier?

Erzähl mir die Geheimnisse,

Vom Anbeginn der Zeit.

Oder glaubst du die Menschheit

Wäre dazu nicht bereit?

Fluss unter dem Himmel

Lisa Nutz

Lara lässt die Füße in den Fluss baumeln. Das Wasser fühlt sich kalt zwischen ihren Zehen an. Sie beginnt zu zittern. Aber ihre Füße zieht sie trotzdem nicht weg.

Vorsichtig legt sie einen ihrer Finger auf die Wasseroberfläche. Das Wasser fließt unter ihm weg, und sie sieht dem Strom nach. Für einen Moment überlegt sie, wie es wohl wäre, wenn das Wasser sie einfach mitziehen würde. Wenn der Fluss nur ein wenig reißender wäre, vielleicht würde er ihr den Boden unter den Füßen wegziehen und sie weit fort bringen.

Ihr Hände wandern auf ihre Arme und streichen über die blasse Haut. Sie zuckt kurz zusammen, als die Finger die Narben streichen. Trotzdem kann sie es nicht lassen, auf ihren blauen Flecken herumzudrücken. Ihr Gesicht verzieht sich ein wenig vor Schmerz. Sie reibt sich über die Wange, wo die Ohrfeige sie getroffen hat. Noch immer ist sie ganz heiß.

Lara beugt sich nach vorne und träufelt einige Wassertropfen auf ihr glühendes Gesicht. Die Kälte tut gut. Sie zieht die Füße aus dem Wasser und rollt sich auf dem Boden zusammen.

Von hier kann man den Himmel sehen. Er ist dunkelblau. Nur ein paar Wolken sind zu sehen, aber hinter diesen versteckt sich die Sonne. Lara kneift die Augen zusammen. Bald wird es dunkel werden und die Sterne werden zu sehen sein.

Ihr Blick fällt wieder aufs Wasser. Blau, wie der Himmel, nur viel dunkler. Und geheimnisvoller. Der Himmel schien so viel größer, aber tatsächlich waren der Fluss und der Himmel doch beide unendlich. Das Wasser floss immer weiter und weiter. Und der Himmel ging immer weiter und weiter. Das Wasser unter dem Himmel. Der Himmel über dem Wasser.

Lara schließt die Augen. Ausgerechnet jetzt fällt ihr ein Lied ein, dass ihre Mutter ihr früher immer vorgesungen hat. Ein isländisches Lied, natürlich.

Kind schlaf ein, unter den Linden,
An den Wassern, niemand soll dich finden,
Schlaf ein, schlaf fein.

Ihre Mutter hat ihr die deutsche Übersetzung mal gesagt, als sie danach gefragt hatte. Jeden Abend hat sie ihr das Original vorgesungen. Jetzt singt sie gar nicht mehr. Weder auf isländisch, noch auf deutsch. Früher hatte sie immer gesagt, dass sie eines Tages nach Island fahren würden. Auch das sagte sie nicht mehr. Lara beginnt, auf ihrer Lippe herumzunagen. Sie will nicht an Zuhause denken. Sie will nicht und dennoch tut sie es. Natürlich tut sie es. Es ist ihr Zuhause. Oder war es mal, früher.

Bevor die Streitereien angefangen hatten und sie alle lieber schrien, statt zu singen. Die Erinnerungen aus ihrer Kindheit fühlen sich für sie an wie die aus einem anderem Leben. Sie kann sich gar nicht genau daran erinnern, wann ihr Vater zum ersten Mal laut wurde. Oder wann ihre Mutter aufgehört hatte, zu sagen, dass sie eine Familie waren und zusammenhalten musste. Irgendwann hatte Lara es nicht mehr ausgehalten, hatte sich in die Streitereien eingemischt – aus zwei, die herumschrien, wurden drei, und aus wütenden Wortfetzen, die durch die ganze Wohnung schallten, wurden Teller, die zu Boden geschmissen wurden und in tausend Scherben zerbrachen. Von da an gab es kein „Zusammen" mehr, die Situation wurde immer unerträglicher.

Lara schließt die Augen. Genau daran wollte sie nicht denken. Nicht an die letzten Wochen und Monate und auch nicht daran, wie ihr Vater gestern erst spät nach Hause gekommen war. Lara hatte schon geschlafen, aber heute Morgen noch hatte es in der Wohnung nach Alkohol gerochen. Geweckt wurde sie von seinen Schreien, die wohl an ihre Mutter gerichtet waren. Und dann war sie aufgestanden, wollte in die Küche gehen, nicht darauf bedacht, dass sie ihn auf dem Weg treffen könnte. Er war rot vor Wut im Gesicht gewesen, hatte tiefe Ringe unter den Augen gehabt und seine Tochter angefahren, sie solle ihm aus dem Weg gehen. Sie reagierte nicht sofort, und er schubste sie zur Seite, sie knallte gegen die Wand und schrie ihn an, woraufhin sie kurz darauf seine Handfläche in ihrem Gesicht spürte.

Lara zuckt zusammen und greift sich an ihren Arm. Es tut gar nicht mehr wirklich weh, zumindest, wenn sie aufpasst, nicht mit ihren Fingern an die geschundene Haut heranzukommen. Trotzdem wird Lara nicht nach Hause zurück gehen. Sie wird hier sitzen bleiben mit dem Blick auf Wasser und Himmel, und versuchen, an nichts zu denken.

Für einen Moment scheint die Zeit still zu stehen. Lara weiß, dass sie nach Hause zurück muss – wenn nicht heute, dann spätestens morgen. Doch jetzt hat sie Zeit für sich alleine. Und obwohl sie versucht, ihre Gedanken mit dem Wasser fort treiben zu lassen, wird Lara sich immer an heute erinnern; wird immer an den Tag zurückdenken, an dem sie nicht nur durch Worte, sondern durch Taten verletzt wurde. Vielleicht hätte sie es wissen können, dass ihr Vater irgendwann sie oder ihre Mutter schlagen würde, vielleicht hätte sie damit rechnen können – aber sie hatte es nie. Sie hat es nie erwartet. Und als sie hier sitzt, fällt ihr auf, dass ein erstes Mal kein letztes Mal sein muss. Sie weiß jetzt nicht, was noch passieren wird. Sie weiß nur, was passiert ist.

Der Himmel wird immer dunkler, bis er schließlich schwarz ist. Lara sitzt immer noch am Fluss, als die Sterne sich hervorwagen und auf dem Wasser glitzern.

Vergänglichkeit: Schwebende Liebe und tote Poesie

Miriam Petzschke

Jedes mal wenn der Wind pfeift und durch die Äste weht,

Wissen wir, du warst da und wolltest nur nach dem Rechten sehn.

Draußen, ja draußen angekommen.

Ja, deine Seele ruft mich nach draußen.

Die Wolken lila und die Luft klar und kalt.

Die Wolken gähnen und die Blätter fallen von den Bäumenund rufen:

Adios bis zum nächsten Jahr. Und deine Mutter, ja genau diese Frau,

Sie lässt dein Zimmer so wie du es verlassen hast.

Im Tränenmeer der Hoffnung schwammen wir tagein, tagaus bis, ja genau,

Bis du wirklich dort oben bei ihm angekommen bist. Ankommen.

Dann gehe ich zum Klettergerüst und Pflastern der Erinnerung.

Den Kuscheltieren auf deinem alten knarcksenden Bett.

Ich verlor mich mit dir. Ja, ich vermisse dich.

Ja, tote Poesie, Poesie im stillen Glauben.

Damals gemeinsam heimlich hinter der Schule geraucht

Und Apfelwein aus Tetrapack.

Weisst du noch, wie wir Hand in Hand zu deinen Eltern liefen

Und dann die Kirchenchöre Hallelujah sangen?

Und jetzt, draussen angekommen, von deiner Seele mich gerufen.

Stehe ich hier.

Diesem Schreck wird kein Ende gesetzt, schon gar nicht,

Wenn man ihm ein Denkmal setzt, sagtest du.

Bin angekommen, ja endlich da..

Und dann, wo stehe ich jetzt?

Auf Erden.

Am Strand des Tränenmeeres und

Denkmal deines Namens.

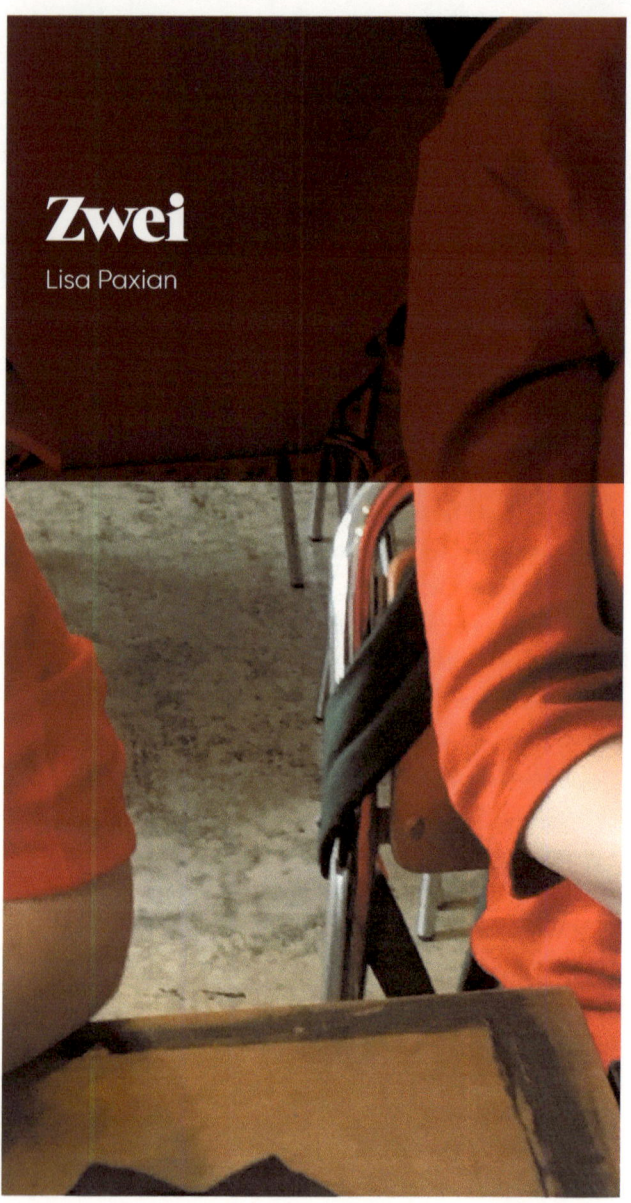

Zwei

Lisa Paxian

Thalia wollte Künstlerin werden. Sie wollte tolle Bilder malen und graue Erinnerungen in Farbe tauchen, verblassende festhalten. Sie wollte Leuten Ideen und Träume auf Leinwand verkaufen. Den Beruf gäbe es nicht, sagten sie. Sie könne es nicht, wurde ihr gesagt. Irgendwann glaubte sie es.

Legte Pinsel und Farbe nieder, begrub ihr Hobby, ließ die Leinwände verstauben. Thalia wollte Tagträumerin sein, aber ließ sich ihre Träume nehmen. Sie wollte mutig sein, aber sie ließ sich einreden, mutig sein heiße keine Angst zu haben. Dass das nicht stimmte, übersah sie.

Sie wollte eine gute Zuhörerin sein, hörte sich alles an. Wollte sie mal reden, sagte man ihr, sie sei eine schlechte. Also schwieg sie. Sie glaubte, das sie nichts könnte. Sie opferte sich für jeden, nahm alles für jemanden in Kauf den sie liebte. Sie löste jedes Problem, ihr wurde gesagt sie sei dumm. Sie glaubte es. Sie wollte einmal etwas für sich tun. Sich gut fühlen.

Ihr wurde gesagt, sie sei egoistisch und das schöne Gefühl zerbrach schneller als ein Glas welches zu Boden fällt. Sie hasste sich dafür. Warum konnte sie nicht für andere da sein? Und so tat sie nichts mehr für sich, aus Angst vor einer Wertung. Aus Angst vor ein paar Worten. Früher wollte sie schreiben, sie schrieb so viel. Sie träumte davon, Bilder mit ihren Worten zu malen, Leuten ihre Fantasie wiederzugeben und aus der Realität Flügel zu basteln und zu fliehen. Sie zeigte es niemandem, aus Angst vor der Kritik. Aus Angst vor bösen, scharfen Wörtern. Sie schnitten tiefer als jede Klinge und trafen immer das Herz, nie daneben. Sie wollte weg.

Sie wurde als Freak bezeichnet und nickte. Also half sie den anderen, zerstörte sich einfach selbst und niemand sah es, niemanden interessierte es genug um zu helfen. Wegsehen war ja einfacher.

Und so kam es, das Thalia an diesem Tag an dieser Klippe stand und auf das aufgewühlte Meer sah.

Die vom Salzwasser angespitzten Felsen sah. Wie es jetzt wohl wäre, zu fliegen? So konzentriert sah sie nach unten, wankte im Wind, dieses Fliegengewicht. So hörte sie diese Schritte nicht.

„Hey. Was machst du denn hier?", fragte eine klare, sanfte Stimme. Thalia wandte ihre Augen vom Meer unter sich ab, sah zu dem blonden Mädchen.

„Überlegen wie es wohl wäre, zu fliegen", kam ihre leise Antwort. Das blonde Mädchen sah sie ernst an, dann verstellte sie ihre Stimme.

„Flugerlaubnis heute nicht erteilt, Wetter zu schlecht, bald Regen zu erwarten, Sicht eingeschränkt..",krächzte sie. Und Thalia lächelte tatsächlich ein wenig. „Thalia".

„Jule". Und Thalia wandte sich ab, ging ein paar Schritte vom Abgrund weg. „Woher kommst du, Thalia?"

„Nicht von hier", antwortete sie und sah zum Himmel, wandte sich kurz dem Abgrund zu. Jule ging ein wenig zurück. Sie musste ihre Arme gesehen haben. Aber es schien sie nicht groß zu stören, kein Gestarre, kein Drama. Thalia gefiel das.

„Aufgehört?", kam die Frage. Thalia nickte zögerlich. Auf einmal war es so leicht zu reden.

„Jup. Hab überlegt ob ich den Teilen hinterher fliege. Dann bist du aufgetaucht. Bitte, rede doch weiter. Ich mag deine Stimme irgendwie".

Jule lächelte und nickte. Thalia mochte sie irgendwie. Sie und ihre sonnige Art. Jule mochte Thalia irgendwie, sie und ihre schattige, ruhige Art. Das war angenehm, wenn man sich am Sonnenlicht verbrannte. Sie setzten sich einfach auf die Klippe.

Und Jule erzählte, froh um jemanden, der zuhörte und verstand. Nur da war, nicht aufdrängte und nicht unterbrach. Sie erzählte Thalia eine Geschichte. Thalia hörte zu. Am Ende sah sid Jule direkt in die blauen Augen.

„Warum bist du hier, Sonnenschein?", fragte sie sie leise. Jule lächelte traurig.

„Manchmal verbrennt man im Sonnenlicht, sowie man sich im Schatten verliert", erklärte sie. Thalia nickte nachdenklich. Dann hielt sie Jule ihre Hand hin. Jule schlug ein und spürte einen kleinen Zettel in ihrer Hand.

Thalia zog ihre Hand wieder zurück. Dann stand sie auf, band ihre Jacke von ihrer Hüfte los und hängte sie Jule über die Schultern. Jule hatte Gänsehaut. Sie hatte es nicht bemerkt, wie kalt ihr war. Thalia schon. Was für ein seltsamer Mensch. Und Jule lächelte. Thalia lächelte auch. Ehrlich, einfach ohne zu lügen. Thalia mochte Jule. Den Zettel hatte sie seit Jahren in ihrer Tasche.

Jeden Tag auf jemanden wartend. Jeden Tag auf jemanden wie sie wartend. Dann senkte Thalia den Kopf zum Gruß, wandte sich um und wollte gehen. Jule sprang auf und umarmte sie. Einfach so. Thalia war überrascht. Dann erwiederte sie die Umarmung.

„Danke", flüsterten beide und lächelten. Thalia ließ ihre Jacke bei ihr. Wenn sie sich schlecht fühlen würde, wäre sie ihr Patronus, wie sie es sonst für Thalia gewesen war. Thalia war weg. Jule sah sich den kleinen Zettel an. Ohne zu zögern tippte sie die Nummer in ihr Handy ein, schrieb. Thalia hob den Kopf von der Autoscheibe an und sah auf ihr Handy. Ein stilles Lächeln schlich sich auf ihre Lippen, in ihre Augen und brachte sie zum glänzen und funkeln. Sie drückte ihr Handy kurz an sich. Sie dankte dem Typen da oben so für diesen Engel. Jule saß lächelnd da und wartete. Sie wusste, das eine Antwort kommen würde.

„Hey".

Und so lebten beide weiter, jeden Tag in dem Wissen, das da jemand war, für den es sich zu leben lohnte, der wie ein Patronus gegen die Alltags-Dementoren wirkte.

Danke.

Wüstenkönig

Aliah Koch

Oh Wüstenkönig, welch noble Kreatur,

Blickst stolz auf uns hinab,

Du Schöpfer dieser Macht.

Oh Wüstenkönig,

Meine Majestät,

Wie sie beharrlich unerschrocken, stark dasteht.

Oh mein armer nemei,

Warst die erste,

Wie Herakles verrichtet,

Wie er mit Olivs Baum,

Den Schädel dir vernichtet.

Oh Leu

Und doch bist du am Leben,

Kann er mit deinem Fell die Macht anstreben.

Und weißt du noch,

Der Dorn, der deine Pfote traf?

Ich war es, der dir half.

Oh Wüstenkönig kehre ein,

Lasse mich dein Schüler sein.

Lehr mich kämpfen,

Lehr mich leben.

Ich werde alles geben.

Leg mir doch deinen Mantel an.

Oh Leu, mache mich zum Löwenmann.

Leben in mir

Maria-Sophia Neef

07.02. – Wenn ich die Hand auf meinen Bauch lege, meine ich dich noch treten zu spüren. Es sollte mir eigentlich Angst machen, etwas so unmögliches zu fühlen. Doch da ist keine Angst, auch kein Entsetzen oder Panik in mir. Stattdessen durchdringt ein tiefsitzender Schmerz in jeder Zelle meines Körpers, sobald du dich aus meinem Herzen in meine Gedanken stiehlst. Und diese Leere. Diese schreckliche Leere, welche sich danach immer wieder in mir ausbreitet. Dann fühle ich nichts mehr.

13.02. – Ich starre aus dem Fenster. Ich stehe und beobachte. Betrachte schweigend das Leben anderer. Stunden verstreichen, vielleicht auch Tage, Wochen oder Jahre. Wen kümmert das schon? Mich zumindest kümmert es nicht mehr.

14.02. – Als deine Tante das letzte Mal bei mir war, meinte sie, ich lebe nicht mehr, ich würde nur noch existieren. Ich kann es nicht abstreiten. Wobei - existieren ist das falsche Wort. Vegetieren trifft es wohl besser.

15.02. – Es ist kalt draußen. Auf dem Fenster haben sich zierliche Eiskristalle gebildet. Ich wünsche mir es dir zeigen zu können. Ich glaube es würde dir gefallen.

21.02. – Einmal im Monat hole ich frische Himbeeren, Milch und Eier aus dem Kühlschrank, nehme das Mehl und Backpulver aus der Schublade und backe einen Kuchen. Wenn er fertig ist, hole ich die Kerzen aus dem hohen Regal im Wohnzimmer, stecke sie in den Kuchen und zünde sie an. Danach trage ich ihn in dein Zimmer und stelle ihn zu deinen Kuscheltieren. Jeden

Monat kommt eine neue Kerze dazu. Sie zeigen die Monate seit deiner Geburt.

31.02. – Ich sitze in deine Decke eingekuschelt auf dem Schaukelstuhl, neben mir eine Tasse Chai-Tee auf dem Beistelltisch. Die Sonnenstrahlen scheinen auf mein Gesicht und ich lächle. Auf meinen Schoß liegt ein Buch meiner Lieblingsreihe. Es hilft mir meinen Kopf, der nur mit Gedanken und Erinnerungen an dich gefüllt ist, zu leeren, indem ich ganz in diese Welt eintauche. Es fühlt sich wie Verrat an, dich aus meinem Gedächtnis zu verdrängen. Trotzdem kann ich nicht anders, denn die Welt in diesen Büchern bietet mir mehr Zuhause als mein jetziges Leben. Ich spüre, wie mein Lächeln bei dieser Erkenntnis langsam zerbröckelt.

04.03. – Der Mond scheint auf die Seiten des Buches. Tränen laufen mir über die Wangen, während ich dir vorlese. Ich weiß, dass es nutzlos ist. Aber ich kann die Hoffnung nicht aufgeben, dass du mir zuhörst und wie jedes andere Kind von seiner Mummy eine Gute-Nacht-Geschichte bekommst.

13.04. – Ich schwebe im Wasser, werde sanft von den Wellen hin und her geschaukelt. Wärme umschließt mich von allen Seiten, umhüllt mich wie einen schützenden Mantel. Ich fühle mich geborgen. Ob es sich so für dich in meinem Bauch angefühlt hat? Ich hoffe es. Denn dann ist es das Schönste, das ich dir habe schenken können.

28.04. – Das Lachen eines Kindes weckt mich aus dem Schlaf. Erschrocken fahre ich hoch und blicke mich im Zimmer umher. Ich erstarre. Du liegst ganz unschuldig mit dem so breiten wunderschönen Lächeln - wie nur du es kannst - im Babybett, als ob nichts geschehen wäre. Die Zeit scheint stehen zu bleiben. Ich spüre wie mein Herz kurz aufhört zu schlagen, als ich es wage, dir in die Augen zu schauen. Deren Blick mich in eine mahagonifarbene Tiefe entführt, die mich nicht mehr loszulassen vermag. Ein Gefühl, dass ich noch nicht zu benennen wage, durchströmt mich, lässt meinen Körper aufraffen und zu dir stolpern. Ich falle vor dir ungläubig auf die Knie. Du streckst glucksend deine Hand nach mir aus. Sanft lege ich meinen kleinen Finger in sie. Ich spüre dich. Ich spüre dich wahrhaftig. Alle Gefühle der vergangenen Monate brechen aus mir heraus, stürzen auf mich ein, lassen mich gleichzeitig lachen, weinen, schreien, trauern und hoffen. Aber schlussendlich überdauert ein Gefühl alle anderen. Denn als ich dich hochhebe und fest an mich drücke, spüre ich nur Liebe. Ich schließe die Augen und atme tief deinen Duft in mir ein, während du versuchst nach meinen Locken zu greifen. Ich kann mich nicht erinnern, mich je in meinen Leben so vollkommen glücklich gefühlt zu haben. Ein Luftstoß weht herein und ich öffne gerade noch rechtzeitig meine Augen, um einen Schatten zu sehen, der auf uns zurennt. Der uns zu Boden stößt. Schlag um Schlag um Schlag prasseln wie Bombenschläge auf uns ein. Es kommt mir vor wie eine Ewigkeit, bis unsere Schreien zu einem endgültigen Schweigen verstummen. Ich spüre einen brennenden Schmerz auf meiner Wange. Ich blinzele und sehe durch meine Wimpern die angsterfüllten Augen deiner Tante.

Ich fahre hoch und durchsuche den ganzen Raum nach Spuren von dir und vergangener Nacht. Doch da ist …. nichts.

11.05. – Zwei Wochen sind vergangen, seitdem ich von dir geträumt habe. Auch wenn er zum Ende hin nicht ganz der Wahrheit entsprochen hat, ist er der Realität erschreckend nahe gekommen. Dein Daddy hat dich umgebracht. Ich spüre noch jetzt jeden einzelnen Schlag auf dich, auf dein Zuhause, dass ich dir für 8 Monate schenken konnte. Jene Schläge, mit denen er dich dieser Welt entrissen hat. Doch so grausam real der Traum auch war, hat er mir dennoch gezeigt, dass die Schmerzen nicht enden werden, solange ich mich weigere zu versuchen ohne dich zu leben. Denn dafür müsste ich dich gehen lassen und ich weiß nicht ob ich schon bereit dafür bin.

14.05. - Es gibt zwei Dinge, die ich endlich verstehen muss, egal wie schwer es ist, sie mir einzugestehen: ich liebe dich so unglaublich stark mein Stern. Aber du bist tot. Und ich lebe.

Hoffnung

Anna Junker

Hoffnung ist,

Das Gute zu sehen, wenn es nur scheinbar Böses gibt,

Menschen zu vertrauen, die einen enttäuschen,

Das Sichere scheuen, das Risiko wagen.

Hoffnung ist,

An Sonnenschein zu glauben an trüben Regentagen,

Fröhliche Melodien, wenn man traurig ist,

Ein Lächeln, während sich Tränen in den Augen sammeln.

Hoffnung ist

Das Einzige,

Was einen aufrecht hält

Und gleichzeitig

Zerstört.

Wir Seefahrer

Marvin Hucke

Wo sind sie? Wo sind die goldenen Häfen, die die Verstoßenen begrüßen? Wo sind die silbrigen Seestraßen, die sich glitzernd durch die Ewigkeit schlängeln? Wir treiben ziellos umher. Unwissend und bedeutungslos zwischen den verblassenden Lichtermyriaden. Wer sind wir schon? Unwissende Seefahrer, die ferne und unbekannte Ufer ansteuern, deren Gezeiten sie nur vage zu erahnen vermögen.

Der alte Wind trägt uns auf sterilen Wellen aus der zyklopischen Nekropolis, die wir bisweilen Heimat nannten. Die grauen Plattenbauten, einst waren sie unbeugsame Leuchttürme voller Farben in den niemals schlafenden, niemals ruhenden Weltstädten unserer Zivilisation gewesen. Keine Finsternis, kein Baron der Dunkelheit konnte das Funkeln ihrer Gesichter trüben.

Und nun? Nun blicken sie ganz trübe drein. Es ist nichts mehr von ihrem güldenen Glanz. Alles zerfällt. Alles ist fort. Das Licht ist verblasst. Die Vögel sind verstummt. Die grellgebrannten Hütten sind verfallen. Die hohen Dächer bröckeln, die schimmligen Wände beugen sich bedenklich und Rost und Ranken machen alles schäbig und abstrakt. Sie alle sterben – oder sie sind es schon längst.

Wo einst lautes und geschäftiges Treiben war, ist nun eine anhaltende und grausame Stille. Wallender Nebel geistert zwischen grotesken Häuserschluchten durch die Straßen dieser dekadenten Dynastie. Es ist nur noch die Leere, die uns höhnend verlacht. Ach, wenn die Zeit doch beugsam wäre. Wir würden diesen Turm erklimmen. Wir würden die Zeiger packen und alles verändern. Ganz gleich, welche Götter uns auch strafen mögen.

Nun segeln wir Ärmsten verloren unter fremden Lichtern und blicken voller Angst in maritime Abgründe eines allumfassenden Schweigens.

Die Segel dieses Kahns sind rau und stark, doch sind sie ahnungslos und ohne Kurs. Wenn wir rudern, so ohne Takt, denn keine Rhythmik kennt die Zeit. Wir treiben dahin, verloren in der Unendlichkeit, getrieben von Gewalten, die uns unbegreiflich sind und von deren Beschaffenheit wir nichts verstehen. Wir fahren weiter, immer weiter fort in die Verdammnis, ins ewige Exil.

Unsere Forscher predigten bisweilen, dass all das deformierte Weltenmeer, zwar friedvoll sei und frei, doch auch vollkommen leer und tot. Dass nichts lebe innerhalb der stellaren Tiefseeschluchten... So ängstigt uns nicht die Furcht vor unbekannten Größen, doch vielmehr diese Einsamkeit, diese entsetzlich starke Einsamkeit. Es ist unfassbar grausam, so allein zu sein. Zu wissen, dass man gänzlich fremd in den bodenlosen Meeren ist.

Es gibt keine Karten dieser surrealen Welt. Wo soll der Anker landen, in welchen abyssalen Tiefen sich verhaken? Wenn es nur einen Hafen gäbe, der unsren armen Seelen Brot und Liebe könnt gewähren. Das Dunkel dieser kosmisch-kalten Welt ist wahrlich, ein ganz fürchterlicher Gräuel. Bedrohlich und grotesk neigt sich das namenlose Unbekannte allezeit über unsren unerschütterlichen Mast. Seine einstmals buntbemalte Flagge ist nur noch der Schatten einer fernen Zeit.

Ich sehe meine Kameraden an der Reling stehen: Stumm blicken ihre bleichen Gesichter bibbernd hinab. Schrecken glüht in müd getrübten Augen und trockene Säuselstimmen wispern ihre Wünsche sehnsüchtig in flackernde Weiten.

Ich höre ihre Rufe in Gebeten – Ist da jemand? Sie rufen reglos Nacht um Nacht. Es gibt keine Antworten, die uns erreichen, nur Fragen, je weiter wir wandern. Erst als die Stifte ruhten, die Zungen schwiegen und die Gedanken starben, erst da sahen wir, wonach wir so lange sehnten.

Wir waren einem gleißenden Astrallicht gefolgt und eine zeitlose Ewigkeit zwischen abertausend Himmelskörpern verschiedenster Farben und Formen gekreuzt, als wir jenseits des Bugs ein verheißungsvolles Licht erlebten.

Eilig stürmten wir an Deck, nach vorne hin und sahen sie – die Erfüllung jeder hilflosen Séance: Wir sahen eine neue Welt, eine neue Heimat, eine zweite Chance. Und als wir schließlich an den Ufern landeten und die neuartigen Küsten betraten und erstmals wieder salzige Meeresluft die Flügel unserer Lungen füllte, da erfasste uns eine ekstatische Freude, die an Glücksgefühlen kaum zu übertreffen war. Sie schien uns strahlend, grell und gut, ja geradezu ideal – unsere neue Welt, unsere neue Heimat, unsere zweite Chance.

Den vergilbten Geschichtsbüchern glich sie, in welchen die Rede von lebendigen Meeren und ambrosischen Ländereien war. Ein solches Panorama war uns bislang gänzlich unbekannt gewesen. Und wir konnten nicht glauben, als wir in der Ferne neonfarbene Korallenstädte aus Gold und Silber sahen. Jungfräulich und schön. Ihre Einwohner hüllten sich in die edelsten Gewänder und sie empfingen uns königlich. Sie luden uns Waisenkinder in große Herrenhäuser, Königshöfe, Kaiserpaläste.

Sodann standen wir auf hohen Balkonen, unter uns unberührte Landschaften uranfänglicher Eleganz. Sie gaben uns eine Hoffnung, ein Licht, eine Zukunft. Wir sollten siedeln, wo immer wir mochten und uns nähren von den Gaben ihrer reich gefüllten Ländereien. Milch und Honig sollten wir aus ihren Flüssen trinken, Kekse und Plätzchen von ihren Bäumen naschen und Kuchen und Törtchen von ihren Feldern verkosten.

So zog die Zeit ins Land und mit ihr Tage und Nächte voller Arbeit, voller Anstrengung. Regsam und tüchtig, ja geradezu emsig waren wir mit unserer Arbeit und schon bald schwebte der Geist unseres Schaffens über Wald und Wiesen dieser Welt.

Irgendwann kamen sie. Sie, die uns luden, ihre Gäste zu sein. Sie kamen und fragten, weshalb wir tiefe Gruben buddeln und weshalb wir Bäume schlachten und qualmende Schlote errichten. Ein andermal kamen sie und fragten, warum die Flüsse trüb wurden und die Luft schwer und ihre Kinder krank.

Als sie uns alsbald erneut aufsuchten, da konnten wir einander kaum noch verstehen. Ihre Stimmen waren rau geworden und heiser; ihre Gesichter blass und ihr Gang war holprig und stockend.

Immer wieder hatten wir ihnen unsere durch und durch gutmütigen und edlen Absichten versichert. Alles Leid - so erklärten wir ihnen - müsse wohl der Ungunst zorniger Götter zu verdanken sein. Es blieb uns nachfolgend zunächst eine ganze Zeit verborgen, ehe wir feststellen mussten, dass es hiernach keinen Besuch mehr gab, den wir hätten empfangen können.

Anfangs waren wir überzeugt, dass Besuch doch vollkommen überbewertet sei... Ja, wir wussten um jene neidvolle Krankheit, die uns Seefahrer aus der alten Heimat verstoßen hatte. Wir wussten es und wir wollten ihr keinen Nährboden bieten. Wir wollten sie davon abhalten, uns zu befallen. Aber sie erfasste uns dennoch, überwältigte uns, denn wir waren schlichtweg zu schwach und in uns wuchs der Gedanke eingebildeter Immunität.

So fahren wir Seefahrer nun denn ein weiteres Mal hinaus. Hinaus in die Fremde, hinaus zu einer neuen Welt; hin zu unserer nächsten Chance.

Träume

Sophie Ostermann

Manchmal träume ich von einem Ort,

Von einem Gefühl,

In diesem Traum ist alles gut,

Keine Träne muss getrocknet,

Kein Streit muss geschlichtet,

Und kein Krieg muss gewonnen werden.

Ich träume von einem Meer aus Glück,

Einem Sturm aus purer Freude,

Und einem Feuer, das nie erlischt ...

Doch all das ist bloßes Wunschdenken,

In einer Welt,

Wo all gleich sein sollen.

Niemand darf aus der Norm fallen,

Niemand darf gegen den Strom schwimmen,

Niemand darf anders sein ...

Diese Welt hat das zu viel, was sie am wenigsten braucht:

Intoleranz und Hass,

Und das zu wenig, was sie am meisten braucht:

Akzeptanz und Respekt

In meinem Träumen ist es egal,

Welche Religion,

Welche Sexualität,

Welche Herkunft,

Und welche Kleidungsgröße du hast ...

Alles egal ...

Das was zählt,

Ist doch das Miteinander,

Der Charakter eines jeden,

Und die Liebe zum Leben ...

Träume,

Alles nur Träume,

Nichts weiter.

Hirngespinste einer Träumerin,

Nichts was wichtig wäre ...

Denn die Realität lässt sich so schnell nicht ändern,

Träume bleiben meist Träume,

Nicht mehr und nicht weniger ...

Aber was bleibt schon?

In einer Welt ohne Perspektive ...

Der es an so viel Liebe fehlt ...

Was bleibt uns,

Den Träumern,

Anderes übrig,

Als von einem besseren und schönerem Leben

Zu träumen ... ?

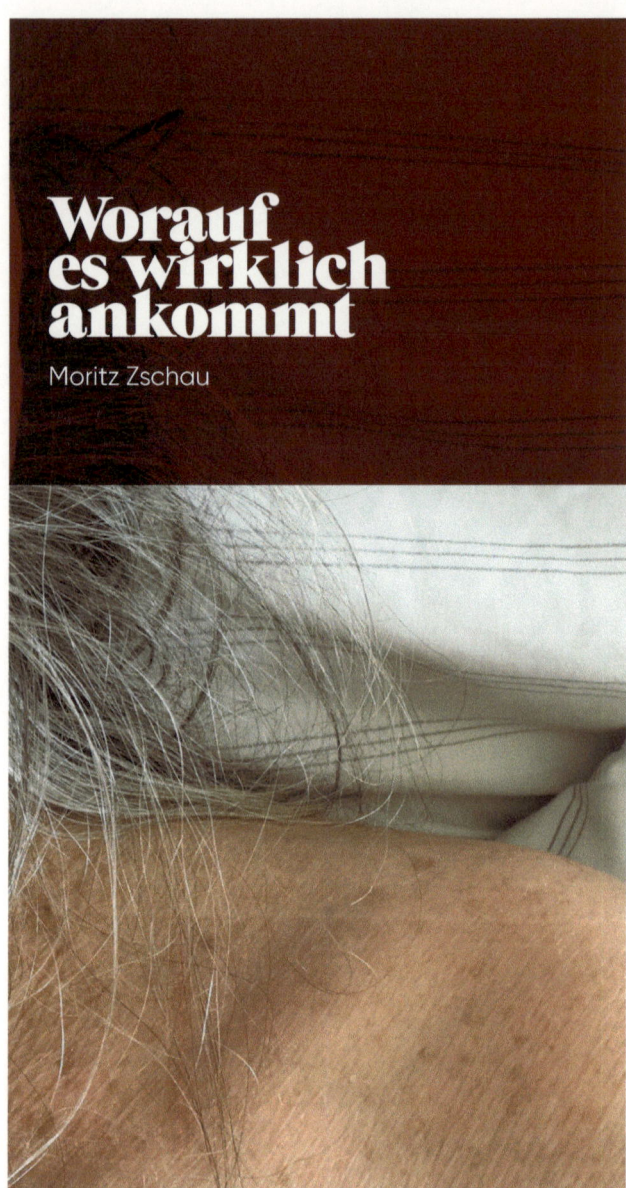

Worauf es wirklich ankommt

Moritz Zschau

Es war wieder einer dieser Herbsttage, an denen Marie kaum glauben konnte, dass es schon Ende Oktober war. Die Sonne schimmerte durch die roten und braunen Blätter der teils schon kahlen Bäume und erleuchtete den Park in einem goldenen Licht.

Ihr Großvater Josef saß neben Marie auf der Parkbank und faltete seine zittrigen Hände in seinem Schoß. Er liebte es, mit seiner Enkelin in der Natur zu sitzen und einfach den Moment zu genießen. Insbesondere seit Beginn seiner Demenz verspürt er vielmehr den Drang, Momente noch intensiver wahrzunehmen und möchte sich am liebsten an jedem schönen Augenblick festklammern, bevor sie in seinem Kopf wieder ausgelöscht werden.

„Opa, kann ich dich mal was fragen?" Marie sah mit ihren langen blonden Haaren und ihrem charmanten Lächeln wunderschön aus, da war Josef schon immer stolz darauf gewesen. „Ja, meine Kleine? Du kannst mich immer alles fragen, was dir auf dem Herzen liegt."

„Ich schreibe ja nächstes Jahr mein Abitur, und meine beste Freundin Clara macht sich deswegen total verrückt. Sie fängt andauernd Streit mit mir an, weil sie ständig nur ans Lernen denkt. Ich möchte aber nicht mit ihr streiten. Wie war das bei dir damals?"

Glücklicherweise war Josefs Langzeitgedächnis noch bestens in Takt. Bei Geburtstagen erzählte er nur zu gern, wie er mit 20 seine Mathilda kennengelernt hat. Von der Flucht über die Grenze, den gemeinsamen Urlauben und ihrer Hochzeit erzählte er immer mit einem breiten Lächeln im Gesicht.

„Aber ihr habt eure Prüfungen doch erst im Frühling. Da reicht es doch völlig aus, wenn sie in den Winterferien mit dem Lernen beginnt. Stress ist nie ein guter Begleiter."

Seine Hand zittert, während er Maries Schulter berührt. Dieses Zittern hat vor etwa zwei Jahren eingesetzt, als Mathilda gestorben ist. Das hat ihm fast das Herz gebrochen, wochenlang saß er nur auf seinem alten Sessel am Fenster und starrte emotionslos nach draußen. Jeder Besuch der Familie war für ihn unwillkommen und seine schlechte Laune provozierte die eine oder andere Streitigkeit mit seinem Sohn. Nur wenn Marie zu Besuch kam, hatte er sich immer gefreut und sie schon mit einem Lächeln empfangen.

„Clara dreht immer durch, wenn es um Prüfungen geht. Sie möchte immer perfekt sein und hat deswegen auch so große Angst, etwas falsch zu machen." Sie schweigt kurz und richtet ihren Blick betreten auf den Boden. „Mir geht es ja ähnlich. Schule ist einfach so wichtig im Leben, da darf man nichts falsch machen." Sie spürt, wie Josef ihr die Hand auf die Schulter legt. Das Zittern ist fast weg in diesem Augenblick und sie richtet den Blick auf seine tiefblauen Augen.

„Mein Kind, das stimmt doch alles gar nicht. Natürlich ist die Schule wichtig, aber das ist doch längst nicht dein Lebensmittelpunkt. Es geht um so viel mehr im Leben! Freunde, Familie – einfach Spaß haben und die Dinge tun, die du am liebsten machst. Erst danach kommt irgendwann die Schule."

„Wäre schön, wenn das die Lehrer und meine Eltern genauso sehen würden wie du." Josef lächelt und drückt Marie an sich. In all den Jahren, die er sie hat aufwachsen sehen, von einem kleinen Mädchen zu einer jungen Frau, hat er sie immer behutsam und mit einem offenen Ohr begleitet. Auch als die Demenz einsetzte und er sich oftmals nicht an ihre letzten Treffen erinnern konnte, hat er all diese schönen Erinnerungen mit Marie nie vergessen. Sie war immer sein Mädchen gewesen und wird es auch immer bleiben.

„Weißt du, Marie, es ist nicht so wichtig, was die Lehrer von dir alles so erwarten. Am Ende kommt es nur darauf an, was du willst und mit was du glücklich bist. Es ist noch niemand auf der Welt durch ein Medizinstudium glücklich geworden, das kannst du mir glauben." Er lacht kurz auf und nimmt dann Marie wieder in den Arm. Marie will gerade schon wieder antworten als ihr auf einmal etwas auffällt.

„Opa, du hast noch dein Schlafshirt an."

Stutzig schaut Josef nach unten und bemerkt erst jetzt, dass er sich am Morgen nur halb umgezogen hat.

„Oh, du hast recht. Tja, so ist das im Leben. Da habe ich viele Jahre lang Chemie studiert, sogar meinen Doktor gemacht und trotzdem vergesse ich, mich umzuziehen. Da siehst du mal, wie sehr dich dein Studium so weiterbringt."

Die beiden lachen und machen sich wieder auf den Heimweg, denn es wird dunkel und Marie muss Josef auf seinem Rollstuhl noch nach Hause begleiten.

Sonnenlicht

Chiara Schmeller

Wenn Sorgen dich nach unten drücken,
Geht die Sonne trotzdem auf.
Über des Herzens tiefe Lücken
Nimmt sie trotzdem ihren Lauf.
Wenn Minuten wirken wie Stunden
Dreht gleichmäßig sie ihre Runden.
Wenn Schmerz und Leid dich schier verzehrt,
Macht sie den Tag ein wenig bunter.
Dein Blick erscheint vor Gram verklärt
 - bald schon geht die die Sonne unter.
Ich weiß, dass auch der schlimmste Tag,
Der so lang qualvoll vor mir lag,
In der großen Ewigkeit
Nur ein Punkt zu sein vermag.

Wenn Glück dich ausfüllt ganz und gar
Geht die Sonne trotzdem auf.
Über dem, was freudig ist und wahr
Nimmt sie trotzdem ihren Lauf.
Auf ewig in diesem Moment zu leben
Ein solches Wunder wird es nicht geben.
Wenn alles Gute in Erfüllung geht
Macht doch bloß sie die Tage bunter.
Töricht ist, wer nicht versteht
 - bald schon geht die die Sonne unter.
Ich weiß, dass auch der schönste Tag,
Der so lang lächelnd mich umgab,

In der großen Ewigkeit
Nur ein Punkt zu sein vermag.

Wenn Zeit dir durch die Finger rinnt
Geht die Sonne trotzdem auf.
Auch wenn dir alles wohlgesinnt
Nimmt sie trotzdem ihren Lauf.
Wenn eine Minute den Wert eines Jahres annimmt
Naht doch der Abschied, klar und bestimmt.
Wenn die Wolken vorbei zieh'n, alles geplant
Macht sie weiterhin die Tage bunter.
Das Ende ohne Ausweg naht
- lieblich geht die die Sonne unter.
Ich weiß, dass auch der letzte Tag,
Der so lang in ferner Zukunft lag,
In der großen Ewigkeit
Nur ein Punkt zu sein vermag.

Tagebuch einer Golfischbesitzerin

Nicole Hettegger

Meine Augen verfolgen die Bahnen, die sein Körper durchs Wasser zieht. Er variiert mit der Geschwindigkeit und verändert seine Schwimmroute, aber eines behält er stetig bei. Seine Eleganz und die Ausstrahlung, als ob er sich dessen genau bewusst wäre. Kann Goldie wissen, dass er eine natürliche Pracht ist, oder ist es ihm gleichgültig und er wirkt deswegen so zufrieden?

Ich wende mich vom Aquarium ab. Bis auf das leise Plätschern der Wasserpumpe ist es still im Haus. Meine Eltern sind zu einem Konzert aufgebrochen. Sie wollten mich mitnehmen, doch ich habe nichts zum Anziehen finden können. Zumindest nichts, in dem ich mich annähernd schön gefunden hätte. Mama hat mich zuhause bleiben lassen und mir die Reste der Lasagne in die Mikrowelle gestellt.

Die Lasagne steht immer noch an ihrem Platz. Ich fühle mich müde und werde jetzt schon schlafen gehen. Unter dem Kopfkissen ziehe ich mein Tagebuch hervor und blättere auf die nächste leere Seite. Mit einem Bleistift zeichne ich das Datum an den Rand und daneben einen Smiley. Er zeigt jeden Tag, wie ich mich fühle. Auch heute werde ich ihm kein strahlendes Lächeln verpassen können. Vielleicht, wenn ich vor dem Einschlafen noch ein paar Sportübungen mache, geht es mir ein wenig besser.

14. Juni – 1 Scheibe Toastbrot mit Butter - Apfel - Salat mit Käsebällchen - Smoothie - 2 Liter Wasser (659 kcal)

„Kommst du nicht auch mit ins Schwimmbad?" Ellas grelle Stimme dringt durch das Handy in mein Ohr. Ich halte es ein Stück weiter weg. „Tut mir leid, aber ich bin heute recht müde." Meine Finger spielen nervös mit einer dünnen Haarsträhne. „Mann Leni, du machst in letzter Zeit auch bei keinem Spaß mehr mit!" Sie klingt gekränkt. „Weißt du was, wir könnten dafür am Wochenende ins Kino gehen. Das haben wir auch schon ewig nicht mehr gemacht!" Ich ziehe beim Reden die Mundwinkel nach oben und hoffe, Ella würde mein Vorschlag gefallen. „Das klingt schon besser", antwortet sie kurz darauf lachend. „Ich rufe dich am Samstag an und dann gibt es keine Widerrede!" Damit einverstanden lege ich auf.

Innerlich und äußerlich sacke ich auf meinem Stuhl zusammen. Gegenüber von meinem Schreibtisch, ins oberste Fach des Kleiderschranks, habe ich meinen alten Bikini verbannt. Seit einem Jahr liegt er dort. Die Erinnerung an damals hat sich in meinem Kopf gebrannt.

Es war heiß. Ella und ich standen vor der Rutsche an. Die Schlange war so lang, dass sie bis hinüber zum Kiosk reichte. Ein Junge, wohl etwas älter als ich, schob sich an den Wartenden vorbei. Als er näher zu uns kam, rief er: „Ich muss hier durch, Bauch einziehen!" Völlig überrumpelt blieb ich auf meinem Platz stehen und sein wütender Blick traf mich wie ein Schlag ins Gesicht.

Ich kneife die Augen zusammen, um die Erinnerung loszuwerden. Nie wieder will ich jemandem einen Grund zu einer Beleidigung liefern. Automatisch greifen meine Finger nach dem Tagebuch unter dem Kopfkissen. Es ist zwar erst Nachmittag, aber für mich ist der Tag ohnehin so gut wie vorbei.

9. Juli – Haferflocken mit Milch - Apfel - halbe Orange - Gurkensalat - 3 Liter Wasser (498 kcal)

„Ich fühle mich nicht so gut, ich werde heute nicht mitkommen." „Ich muss noch einiges für die Schule erledigen und bleibe lieber zuhause." „Heute habe ich Ella versprochen, dass wir telefonieren, das versteht ihr doch."

Sind meine Eltern blind, oder bin ich wirklich eine so gute Lügnerin? Seit vier Monaten habe ich mich erfolgreich vor jedem Restaurantbesuch und jeder Einladung zum Essen gedrückt. „Vom Mittagessen ist eh noch was übrig, Mama. Ich verhungere ganz bestimmt nicht."

Manchmal wünsche ich mir, dass sie meine Lügen durchschauen würden. Dass sie erkennen, wie schlecht es mir geht und was mir fehlt. Ich sehe ihre besorgten Blicke, aber sie sagen nichts zu mir. Sie sind da, aber sie helfen nicht. Ich bin alleine.

Hitze steigt in mir hoch. Sie ist mir willkommen, wo ich sonst auch im Sommer nur friere. Die Hitze greift meine Arme entlang und lässt mich die Hände zu Fäusten ballen. Automatisch lasse ich sie ins Kissen knallen. Mit jedem Schlag entlädt sich die Wut aufs Neue. Es sind nur sieben Schläge, dann bin ich außer Atem. Ich sinke zurück auf die Decke. Mein Blick ist von einem Tränenschleier verschwommen. Blind greife ich unter das Kopfkissen und ziehe mein Tagebuch hervor. Ich blättere über die Hälfte, bis ich die nächste unbeschriebene Seite finde. Die Seiten werden von immer weniger Worten gefüllt, stelle ich fest. Zufrieden nehme ich den Bleistift zur Hand.

27. Juli – 3 EL Haferflocken - 4 Apfelspalten - 150 ml Linsensuppe - 4 Liter Wasser (247 kcal)

Seit vier Wochen kann ich nicht mehr joggen gehen. Ungefähr seit derselben Zeit sind meine Haare spröde. Seit drei Wochen meldet Ella sich nicht mehr. Seit zwei Wochen brauche ich mindestens zehn Stunden Schlaf. Vor einer Woche hätte ich meine Regel bekommen sollen. Seit einigen Tagen bleibt die Zahl auf der Waage stehen. Heute ist der Tag, an dem ich, oder mein Körper, einfach nicht mehr kann.

Der Wecker reißt mich aus meinen Träumen, aber nicht aus dem Bett. Goldie sieht auffordernd zu mir. Ich will nicht aufstehen, will das Frühstück nicht essen, das meine Mutter gerade zubereitet und will mich nicht im Spiegel sehen. Der Wecker klingelt noch immer. Ich stütze mich mit den Händen an der Bettkante ab und mein Blick wird schwarz, noch bevor ich ganz aufgestanden bin.

Farben

Aliah Koch

Ich stehe in der Menge, ich stehe mittendrin,

Doch bin immerzu alleine. Wo ist da der Sinn?

Ich steh' still in ihrer grauen Mitte

Und verfolge jeden ihrer Schritte.

Schritte, die wie Klagen klingen, ihre Trauer hegen

Und nebenbei ein Kummerlied zum Besten geben.

Schritte, die im endlosen Kreis der Farblosigkeit

Nie ihr ewiges Ende finden werden.

Und alle wünschen sich mehr Zeit, doch ich kann das nicht verstehen,

Denn um mich herum bewegt sich alles wie in Lichtgeschwindigkeit,

So wie Autos auf der Autobahn,

Züge die nach Norden oder sonstwo hinfahren.

Und ich… ich fahr mehr so im Rückwärtsgang die Einbahnstraße lang.

Denn ich hatte einen Traum, eine Vision,

So unvorstellbar schön, dass ich es kaum zu glauben wagte.

Es war unsere Welt, es waren wir, bloß in Farbe und Ton.

So unglaublich das auch klingen mag, ich habe es gesehen

Und so zog ich los, um das Bild auch zu verstehen,

Das seit jener Nacht

Einen Platz in meiner Seele eingenommen hat.

Ich begann auch zu verstehen

Und konnte nun endlich Farben sehen.

Die Welt betrachten in voller Pracht,

Die sie uns schon immer angeboten hat,

Doch wir begannen sie zu verachten, wurden zu blind all das zu sehen,

Wir verschlossen unser Herz mit einem schwarzweißen Bild

Der prächtigen Farben

Und vergaßen all den Schmerz.

Dennoch können wir ihn fühlen.

Jetzt gerade und in jedem Moment.

Er ist die Leere, die uns Tag für Tag einhüllt,

Die morgens unser trauriges Herz erfüllt,

Was seit jenem Moment so grau und taub geworden.

Er ist die Sehnsucht, das sehnsüchtige Warten auf polychrome Liebe,

Die in jedem Körper einen Regenbogen aus nie entdeckten Farben erschafft.

Vereint mit fröhlich zwitschernden Vögeln,

Die das Lachen eines Kindes als Auftrieb verwenden.

Er ist die Sehnsucht nach Spaß, nach duftenden Blumen,

Welchen die wärmenden Sonnenstrahlen

Das Wachsen der Lebenslust erleichtern.

Doch Zeit verstrich, die lebendigen Momente verstarben.

Liegen nun tief unter der Erde trübe und dämmrig, luguber vergraben.

Mit gesenktem Blick rauschen wir an den trostlosen Gräbern vorbei,

Ohne sie überhaupt zu bemerken.

Die Augen kaum erkennbar mehr, verweilen ergraut in ihrer Kuhle,

Falten auf der Stirn lasten schwer, verwandeln sich in feine Risse,

Zu lange lagen sie auf den Gesichtern.

Der Blick ist trüb und so gehen wir unseren Weg,

Die aschfahl verrauchte Einbahnstraße lang

Und hoffen bang auf eine süße Erlösung dieser bitteren Welt.

Pssst! Hört ihr das Rauschen, Rascheln, Winden

Leise aus dem dichten Nebel wispern:

„Nur dort wo alles anfing, wird es auch ein Ende finden"

Und so führt wahrlich die schmale Straße der Erlösung

Nur wieder zu uns selbst,

Zum Beginn unserer Reise zurück.

Denn wir stehen alle in der Menge,

Wir stehen alleine mittendrin, hinterfragen nicht das Grau in uns.

Wo ist da der Sinn?

Wisst ihr, vielleicht ist es an der Zeit etwas zu verändern,

Um die Welt besser zu verstehen.

Also öffnet eure Herzen, verschließt sie nicht vor der farbenfrohen Pracht,

Welche uns die Erde einst geschenkt und fangt an euern Weg zu gehen.

Nur so werdet verstehen,

Dass euch alle Farben zu jeder Zeit vor Augen waren,

Während euer Herz probierte sie nicht zu sehen.

Das ist nur unmöglich denn sind wir mal ehrlich,

Unser Grau besteht doch auch aus winzigen Partikeln,

Dieser wundervollen Farben, oder?

Und wer das nicht glaubt,

Der mische Rot, Gelb, Blau und ratet mal,

Das Ergebnis, es ist dunkelgrau.

Doch wir entscheiden was wir sehen

Und bemalen das Leben wie eine große Leinwand,

Gefertigt aus Lachen und Liebe, Stöhnen und Schmerz,

Mit den Farben unserer Vorstellungskraft,

Entstehend aus unserem Herz.

Also, hört auf euer Herz und fangt an diese Welt neu zu sehen,

Denn das Leben ist das mit der Freude und den Farben

Und nicht das mit dem Ärger und dem Grau.

Der Schnee vom Mai

Penelope Duran

Ich weiß nicht, wann ich erschaffen wurde, aber es war lange her. Es wird gesagt, dass wir hauptsächlich aus Wasser bestehen. Daher stelle ich mir oft vor, wie Wasserstoff und Sauerstoff sich zum ersten Mal aneinander gebunden haben, um meine Moleküle zu bilden. Leider erinnere ich mich hieran nicht, aber die Erinnerungen an meine Reisen sind zahlreich.

Ich bin als Regen gefallen, habe Flüsse geformt und bin zum Meer hinausgeschwommen. Überall bin ich gereist – zu fast jeden Zentimeter der Welt. Aber egal wieviel ich reise, kehre ich jeden Winter zu demselben Ort zurück. Obwohl ich mich in der tückischen Landschaft der Berge zu Hause fühle, gleite ich trotzdem jedes Jahr in das Tal. Ich glaube nicht an Schicksal, aber ich habe angefangen, das zu hinterfragen. Es kann kein Zufall sein, dass ich wie Schwerkraft vom Tal angezogen werde. Ich kann jedoch nicht klagen. Ich liebe die grünen Hügel, den saphirblauen Himmel und die Kälte, die sich aus den Bergen in mir wie Adern, die das Leben in Stein fließen lassen, ausbreitet.

Aber Winter ist am besten. Egal wo ich bin, trägt mich der Nordwind, während ich in meinem bevorzugten Zustand Pirouetten drehe. Ich habe schon immer Schnee am meisten gemocht. Eis und Hagel sind zu einschränkend. Wasser ist in konstanter Bewegung und kann überall landen, ob gut oder schlecht. Schnee ist magisch, wenn er auf die Tannen fällt. Wenn die Bäume gefällt und für Weihnachten mit nach Hause geschleppt werden, gibt es eine gute Gelegenheit für Beobachtungen. Mein Herz wird mit Wärme erfüllt, wenn ich erblicke, wie die glücklichsten Menschen der Welt tanzen, singen und Freude verbreiten. Zu dem Tal drehend, werde ich entdeckt. Kinder fügen mehr Schnee hinzu und begegnen einem Meisterwerk. Ich nehme an, dass ich deswegen Winter liebe und depressiv werde, wann immer der Frühling kommt.

Jetzt schwebe ich in der Maisonne, brüte und bilde Wolken. Es wird regnen und ich werde genauso wahrscheinlich in einem Regenfass, wie auch in dem Talsee landen. Mit meinem Kopf in den Wolken sehne ich mich nach Winter. Ich hätte Geduld vor langer Zeit erlernen sollen. Aber ich werde früher oder später hinunterregnen. Ich hoffe: früher.

Als ich zu dem Tal hinunterstürze, sieht es aus, als ob mein Wunsch erfüllt wird. Ein Blumenfeld dämpft mein Sturz und ich glitzere als Morgentau. Die Pusteblumen erinnern mich daran, wonach ich mich am meisten sehne: mein Winter-Wunderland. Meine Gedanken wenden sich zu den Bergen. Schneit es in den Gipfeln? Schneit es zu Hause?

Der Wind kämmt sich durch das Feld, sodass die Pusteblumen auseinander getrieben werden. Die Blume, auf der ich sitze, wird auseinandergeblasen und Regenschirmsamen bemalen den Himmel. Es ist eine Erinnerung. Daran, dass mein geliebter Winter zurückkehren wird. Oder er es vielleicht schon ist.

Anziehungskraft

Vanessa Walther

Ich komme dir immer näher.

Jeder Schritt von mir lässt dich kürzer atmen.

Ich dränge dich zwischen Widerstand und Verlangen.

Es macht dich verrückt.

Ich berühre dich nicht und dennoch fühlst du mich.

Du willst nach mir greifen, doch bekommst mich nicht.

Ich denke das nennt man Anziehungskraft.

Es ist nicht egal, nichts

Pia Klingert

Warm schien die Sonne, das kühle Flusswasser klatschte leise ans Ufer und ein lauer Wind wehte. Die Vögel zwitscherten. Das alles interessierte sie nicht. Schritt für Schritt stampfte sie voran, das Gesicht zu einer bitterbösen Maske verzogen, fest entschlossen, wenn auch mehr unbewusst, keinen vernünftigen Gedanken zu fassen. Es war ihr egal, alles, so glaubte sie zumindest. In Wirklichkeit war es ihr ganz und gar nicht egal. Eher gegenteilig, sie machte sich sehr viel daraus. Das jedoch wusste sie nicht, das Einzige was ihr momentan klar vor Augen lag, war der Weg und der feste Entschluss, weder zurückzugehen, noch zu blicken oder gar zu denken. Wobei sie auch dem Weg keine besondere Beachtung schenkte.

„Stopp" rief es plötzlich, „stopp!" Sie stampfte weiter. Es war ihr ja egal, alles. „Stopp! Jetzt halte doch mal kurz inne, Kind! Stopp!" rief es nochmal. Es war ihr egal, alles. So glaubte sie zumindest. Dieser Glaube war ein ziemlicher Irrtum. „Was ist?" schrie sie, die Maske fiel, sie wandte sich um, sie weinte. Es hatte nur einen kurzen Schubs gebraucht, um sie, zumindest vorrübergehend, zu stoppen. Da war niemand. „Denk nach, Kind, denk nur mal kurz nach. Warum läufst du davon? Kind, du weißt, das wollen sie", beschwichtigte es. Da war niemand. Dennoch antwortete sie. „Es ist mir egal, was sie wollen. Sie hassen mich, ich hasse sie." „Nein, Kind, nicht sie hassen dich. Wer hasst dich wirklich?" „Ich weiß, dass sie mich hassen, ich weiß es, warum sonst, warum sonst tun sie mir das an?" „Kind, verstehe doch, sie hassen dich nicht. Du bist die, die sich hasst, du allein machst dich zum Opfer. Steh zu dir selbst und glaub mir, sie werden dich in Ruhe lassen. Denk wenigstens darüber nach." „Warum? Warum soll ich denken? Du weißt doch, du selbst hast es mir gesagt, ich laufe davon. Wenn ich erst weg bin, ist es der Hass auch, sind sie es auch, egal von wem der Hass kommt." Sie drehte sich um, die Maske war wieder da, sie stampfte weiter.

„Kind, hör mir zu," flüsterte es, „wenn du aufhörst, dich zu hassen, werden sie es auch tun, ich sagte es bereits. Warum hasst du dich so sehr, was hast du dir getan?" „Sie hassen mich, ich hasse mich, weil sie mich hassen, ist das so schwer zu verstehen?", schluchzte sie und begann zu rennen. Weg, einfach nur weg. Es war noch immer egal, alles. Wenn sie auch begonnen hatte zu denken.

Nun hatten die Vögel zu zwitschern aufgehört, es war dunkel geworden, da war nichts mehr, was ihr egal seien konnte. „Aber nur weil sie dich hassen, warum solltest du das auch tun? Wenn sie sich von der Klippe stürzen, tust du es dann auch? Du bist unabhängig. Was kümmern dich die anderen?", gab es zu bedenken und sie blieb stehen. Da war niemand. Niemand außer ihr. Doch bald würde es vorbei seien, es war nun auch egal, mit niemandem zu sprechen.

„Ich brauche die anderen nicht, um mich von einer Klippe zu stürzen" sagte sie bitter. „Das ist sturköpfig und dumm, Kind, das weißt du doch selbst. Aber denk noch mal nach, wenn du es jetzt beendest, dann ist das deine Entscheidung. Wenn du es nicht tust, auch. Da gibt es keinen Unterschied." „Doch, einen sehr Gewaltigen sogar. Das Ergebnis. Wenn es vorbei ist, sind sie weg." „Nein, nicht sie sind weg, du bist es. Warum willst du das, warum läufst du davon?" Sie schwieg. Warum lief sie davon? „Ich will nicht gehasst werden", erwiderte sie leise. „Egal von wem." „Dann hör doch einfach auf damit. Du hast keinen Grund dazu. Hör auf dich zu hassen. Weißt du, jeder hat Fehler, viele, viele weitaus größere als du. Und es ist kein Fehler, nicht von jedem gemocht zu werden. Es gibt doch genug Menschen in deinem Leben, die dich lieben, so wie du bist. Liebe dich doch einfach selbst. Und du weißt, es gibt einen Weg, sie werden aufhören." „Wie soll ich mich lieben? Wie soll ich es tun?", fragte sie zaghaft. „Mach es einfach den anderen nach. Liebe dich so, wie sie es tun."

Und es war weg. Die Sonne schien nicht mehr, das Flusswasser schien kalt und bedrohlich und aus dem lauen Wind waren kräftige Windböen geworden.

Es war nicht mehr egal, nichts. Sie war noch da, sie lebte. Es hatte sie gerettet. Sie wusste, sie würden aufhören. Sie wusste um die Menschen, die sie liebten. Das alles, es war ihr *nicht* egal. Ihr Leben kam ihr wertvoller vor als je zuvor.

Sie hob das Handy ans Ohr. „Ich komme heim, Mami, nach Hause." „Sei vorsichtig, Kind, ich habe mir schon Sorgen gemacht. Ich habe dich lieb." „Bis gleich." Und dann leise, in die zurückgebliebene Stille: „Danke."

Auszug aus dem Leben einer Zwangs- prostituierten

Miriam Petzschke

Ich breche aus, steige aus und bin raus

Ja, heute trage ich schwarze Spitzenunterwäsche.

Und ja, grüner, ja, grüner wird's nicht.

Ich trage sie einfach nur, um ihm zu gefallen,

nicht weil sie mir gefällt und sage zu mir selbst:

Ja, ja, grüner wird's nicht.

Und was, ja, was trage ich wirklich darunter?

Ja, ja sage ich, sage ich.

Haut. Quadratmeter Haut.

Masse und Masse.

Und Schmerz. Schmerz jeden Tag.

Ich wickle meine Gedanken in ihn ein und trotzallem denke ich:

grüner, ja, grüner wird's nicht.

Ich kann entkommen. Entkommen...

Heute, ja, heute. Stehe ich vorm Spiegel.

Nackt und klar.

Ja, ja, grüner wird's nicht.

Und egal was du vielleicht denken magst

Von mir oder deinem Nächsten.

Meine Haut ist weich und zart,

aber auch ebenso leicht verwundbar.

Aber das, das alles interessiert dich nicht.

Kein Unterschied, richtig?

Und wieder sage ich:

Ja, ja grüner wird's nicht.

Jede Nacht dieser Drang, ja, klarer wird's nicht.

Du willst wissen, was meine Finger in der Dunkelheit tun.

Was ist, wenn sie lediglich ein Fenster öffnen

Und meine Haut das Licht der Wolken sehen will.

Da sage ich dir: ja, grüner wird's nicht.

Strich um Strich. Nacht um Nacht. Mann um Mann.

Und ich sage: tja, wärst du doch bloß beim Klettergerüst geblieben.

Wer fragt, wonach ich mich sehne, was ich fühle?

Niemand ist ja klar.

Aber was ist, wenn eine Hand das ist, was ich fühle.

Sie soll mich halten und leiten, weil, ja, weil grüner wird's nicht!!

Ausbrechen will ich.

Ausbrechen aus diesem Schrei nach Zärtlichkeit und Harmonie.

Nach unverlangter und unerfüllter Liebe strecke

Greife ich meine Hände aus.

Gott, oh hilf mir, ich muss hier raus!

Es muss doch möglich sein, im Ozean desjenigen zu schwimmen

Den man liebt, ohne daran zu ertrinken, oder nicht?

Es muss doch möglich sein zu schwimmen

Im Ozean der Tränen,

Und das andere Ufer wiederzufinden.

Also sage ich dir, Spiegelbild des Verlusts und der Verzweiflung:

Grüner wirds nicht!

Blau geschlagen und zu Wasser wurde ich

Und so, ja so fühle ich mich.

Immer noch Steine unter mir.

Steine am Leben und der Liebe.

Steine gebunden an mich.

Breche aus und ich sage Dir:

Ja, grüner wird's nicht!

Auseinanderleben

Stella Achter

Als sie ihn sieht, wie er an dem alten Haltestellen Schild lehnt, ist sie nur einen Wimpernschlag davon entfernt wieder umzukehren. Sein Haar ist zerzauster, seine Lederjacke abgewetzter und seine Augen noch gleichgültiger als sie es letztes Jahr gewesen waren. Sie bleibt stehen und beobachtet den Nebel, welcher sich langsam über das ausgedörrte Feld bewegt und droht, sich zwischen ihren Gedanken zu verflüchtigen.

„Feigling" flüstert der Nebel. Sie schluckt und tut so, als hätte sie es nicht gehört. Und dann bevor sie es sich anders überlegen kann, fällt der Blick des Jungens auf sie.

In seinen Zügen schläft die Leere. Die Leere die sie früher auswendig kannte. Ein Atemzug vergeht, in dem es kurz so scheint, als wären sie wieder mehr als nur dieser lose Moment an der Bushaltestelle. Sie nickt ihm höflich zu, eine Geste, welche die Gesellschaft erfand um nicht über die Wahrheit sprechen zu müssen. Er nickt zurück. Ein kurzes Zeichen um zu zeigen, dass man einander wahrgenommen hat, ohne ein Wort zu wechseln.

Es vergeht Zeit, aber der Bus kommt nicht. Kurz befürchtet sie, dass ihre Uhr stehen geblieben ist, denn es war schon eine Weile her, seit sie zuletzt die Batterien gewechselt hatte. Doch als sie sieht, wie der Junge Stirn runzelnd auf sein Handy blickt, hat sie dieses laue Gefühl, dass der Bus nicht mehr kommen wird.

Nach weiteren 10 Minuten gibt sie auf und wendet sich dem Jungen zu. „Hey, weißt du was da los ist?" Ihre Stimme klingt kühler, als sie gedacht hätte. Sie erweckt schon fast die Illusion, als würde es ihr tatsächlich nichts ausmachen ihn anzusprechen. Er schüttelt den Kopf und mustert sie. Skeptisch, abwägend wie ein Raubtier.

„Du siehst anders aus.", sagt er und seine Stimme klingt gelangweilt. „Ich weiß nicht ob das ein Kompliment sein sollte oder nicht." murmelt sie, nicht sicher ob er es überhaupt hören sollte. „Ich auch nicht." antwortet er, nimmt die Kopfhörer ab und verstaut sie in seiner Jackentasche. Sie nähert sich ihm ein paar Schritte. „Okay."

Er hebt kurz den Mundwinkel und sieht dann in eine andere Richtung. Er ist sich nicht sicher, wann genau er begonnen hatte sie nicht mehr zu kennen. Vielleicht war es der Moment gewesen, an dem er über ihre Worte lachte, die er nicht lustig fand. Oder dann, wenn er vortäuschte sich für ihre Geschichten zu interessieren und es doch eigentlich gar nicht tat, als sie begannen aneinander vorbeizugehen, statt nebeneinander her. Er kramt die verschlissene alte Malboro Schachtel aus seiner Hosentasche und zündet sich eine Zigarette an.

„Seit wann rauchst du?" Er wundert sich noch immer über ihre klare bestimmte Stimme, dann zuckt er die Schultern. „Es passt zu meinem Look." Sie lächelt. Ein bisschen über seine Antwort, aber auch über die Absurdität der Situation.

Seit wann waren ihre Dialoge so gefüllt mit Belanglosigkeit und betretenem Schweigen? Seit wann glichen ihre monotonen Worte so sehr denen der Gesellschaft? Wann waren sie anders geworden? Als würden sie nur noch an der Oberfläche des Eises kratzen um etwas zu spüren. Eine Frau mit einem Hund schlendert vorbei, ihr Atem kräuselt sich in der Morgenluft. Sie nickt ihnen zu. Auch als sie nicht mehr zu sehen ist, schweigen der Junge und das Mädchen noch. Sie seufzt und weiß plötzlich nicht mehr, warum sie dieses stumme Theater spielen. „Was ist passiert?" fragt sie leise, aber bestimmt.

Er zieht an seine Zigarette. Lässig, unnahbar und fast hätte sie ihm geglaubt. Aber dann sieht sie an ihm vorbei, wie all die Jahre zuvor. Rauch quillt aus seinem Mund und steigt Richtung des grauen Himmels. „Wir sind in verschiedene Richtungen gegangen, das ist alles. Wir waren nicht mehr die, die sich am Anfang kennengelernt haben." sagt er und durchschneidet so die Grenze zwischen der Vergangenheit und dem Augenblick.

Sie schnaubt. „Du hast eisern daran festgehalten wie alle anderen zu werden. Und wir werden nie die Zeit zurück bekommen in der wir versuchen normal zu sein." Jetzt füllt er seine Lungen mit Rauch, als wäre er ein Verdurstender. „Ich wollte einfach dazugehören, akzeptiert werden. Du hast nur gegen das rebelliert, was alle anderen sagten, wolltest die sterbende Träumerin sein. Du hast genauso nach Individualität gelechzt wie ich."

Seine Worte lösen ein Flirren aus, welches durch die Luft vibriert. Sie weiß nicht mehr was sie sagen soll. In ihren Gedanken herrscht Leere. Seine Zigarette ist mittlerweile so klein, dass es sich nur noch um Sekunden handeln kann, bis er sie zu Boden werfen wird. Sie sieht kurz zum Horizont und flüstert dann: „Ist schon seltsam, dass jetzt keiner von uns das ist, was er sein wollte."

Er drückt den kaum noch glimmenden Stängel auf eine Mülleimer aus und wirft ihn dann hinein. „So ist das mit dem Leben. Man ist nie der, der man am Tag davor schon war, wir haben gelernt das zu akzeptieren.", zum ersten Mal lächelt er, auch wenn es ein müdes Lächeln ist, hinter dem sich die Wahrheit verbirgt. Denn auch wenn es sich anfühlt, als würden sie gerade beginnen sich wieder zu verstehen, wusste sie, dass dem nicht so war. Sie würden morgen nicht zwanghaft versuchen ihre Gespräche aufrecht zu erhalten, wenn es doch gar nichts gab, worüber sie sprechen konnten. Am Ende blieb ihnen nur ein höfliches Nicken und das war okay.

Irgendwo brummte es, als sie ihn ein letztes Mal betrachtete. Als sie sich schließlich abwendet, hält der Bus mit quietschenden Reifen vor ihnen. Und er steigt ein, sie aber beschließt zu Fuß zu gehen.

Getrenntes Band

Judith Simons

Lodernder Hass, pochender Zorn,
Ein kurzer Blick, ein fester Schlag.
Gefühle überrollen mich,
Mein Innerstes wendet nach innen.

Stetig, stetig steigt die Mauer.
Höher, höher, immer weiter,
Nur immer größer zwischen uns,
Niemals mehr wir zwei gemeinsam.

So anders vor all der Zeit,
So anders war es alles.
Du, ich, damals Hand in Hand,
Heut' trennt uns dieses Band.

Blick nicht zurück, blick nicht zu mir.
Gequält von dir, so renn' ich davon.
Selbsthass plagt mich so stark,
So such' nicht hier dein Mitleid.

Verlassen kann ich dich nicht,
Doch sieh – das Band zertrennt.
Wir lösen uns, mein Fall bleibt aus.
Du aber, hinab in die Schlucht.

Lodernder Hass, pochender Zorn,
Ein kurzer Blick, mein Herz voll Blut.
Die Wege getrennt für lange Zeit.
So schau voran zur nächsten Flut.

Gefangen

Tiara Hechler

Der Regen läuft langsam die Fensterscheibe herunter, während sich mein Gesicht in eben dieser spiegelt. Es war doch sowieso alles vorbei. Ich hab es alles satt. Ich möchte einfach nicht mehr.

Ein Klopfen und Öffnen meiner Zimmertür reißen mich aus meinen Gedanken. Ich höre wie jemand in mein Zimmer kommt, wende aber trotzdem den Blick nicht von der Fensterscheibe ab. Es interessiert mich ehrlich gesagt auch nicht, wer eben in mein Zimmer gekommen ist.

Als ich ein Räuspern vernehme, muss ich trotzdem meine Aufmerksamkeit von der Fensterscheibe abwenden.

„Ray. Wie geht es dir?"

Keine Antwort.

„Du, ich hab dir ein Kostüm mitgebracht. Wir haben doch Halloween."

Meine Augen richten sich müde auf die Person in meinem Zimmer. Ich sehe den Schmerz in ihren Augen.

„Wir würden uns freuen, wenn du auf die Party kommen würdest."

Lüge.

„Ich würde mich freuen, wenn du kommen würdest. Wir haben doch schon so lang nichts mehr zusammen unternommen. Wir sind alle schon so gespannt und es würde dir bestimmt gut tun, wenn du mal aus diesem dunklen Zimmer kommen würdest."

Ohne eine Antwort richten sich meine Augen wieder auf mein Fenster. Ich glaube ihr, wenn sie sagt, dass sie sich freuen würde, wenn ich komme, aber die anderen definitiv nicht. Ich bin allen doch nur ein Klotz am Bein. Schon seit drei Monaten komm ich nicht mehr aus meinem Zimmer. Sie ist die Einzige, die sich noch für mich interessiert. Die Anderen heucheln nur Mitleid vor, um wie gute Menschen zu wirken.

„Ich leg dir das Kostüm einfach hierhin, okay?"

Sie sagt das alles so, als würde ich bei einem falschen Ton zerspringen. Und das würde ich vermutlich auch. Es ist alles einfach zu viel für mich. Auf der einen Seite macht es mich kaputt, wenn sie alle so tun als wäre ich genau dies. Kaputt. Auf der anderen Seite kann ich aber auch nicht mehr so weiter machen wie vorher. Ich bin nicht mehr der Mensch, der ich einmal war. Ich kann nicht so tun als wäre das alles nie geschehen.

Die Tür öffnet sich nochmal und ich bin wieder alleine. Ich frage mich, wie lange sie mir noch beisteht. Wie lange es dauert, bis es auch für sie zu viel wird und sie entscheidet, dass es nicht mehr geht. Das es meine Schuld ist, wenn ich mir nicht helfen lasse und, dass ich sie nur kaputt mache. Vermutlich wird es nicht mehr lange dauern. Ihre Besuche werden auch immer weniger. Aber was erwarte ich auch? Das sie ihre Zeit hier bei mir verbringt, während ich aus meinem Fenster starre und sie anschweige?

Meine Augen richten sich auf die Plastiktüte mit dem ausgeblichenen Logo, welche sie mir hingelegt hat. Es ist echt erstaunlich, dass sie sich die Mühe gemacht hat, mir eines zu besorgen, obwohl sie genau weiß, dass ich es nicht anziehen werde. Ich kann es nicht fassen, dass sie echt von mir erwartet, dass ich es mir ansehe. Sie hat mich anscheinend doch nicht aufgegeben.

Aus irgendeinem eigenartigen Pflichtgefühl stehe ich also doch auf. Auf meinem Weg zur Plastiktüte komme ich an meinem Spiegel vorbei, welcher voll mit Eintrittskarten, Konzerttickets und Bildern ist. Die so lebensfrohe Person auf den Bildern hat nichts mehr mit der Person zu tun, die ich jetzt im Spiegel sehe. Ich habe tiefe Augenringe, fettige Haare und Augen, die wie tot erscheinen. Ich bilde einen starken Kontrast zu der lachenden Person auf den Bildern. Mit einem Ruck wende ich mich vom Spiegel ab, damit ich die Tränen nicht sehen muss, welche mir in die Augen steigen. Ich schaffe es nicht mal mir selbst beim Weinen zuzusehen. Kann mir nicht mal vor mir selbst die Blöße geben.

Ich komme an leeren Getränkedosen vorbei und stehe dann vor der Tüte. Langsam bücke ich mich, um sie aufzuheben und spüre den Stoff durch das Plastik. Neben dem Bündel liegt eine schwarze Maske, so wie sie an Maskenbällen getragen werden. In der Tüte befindet sich das Kostüm, das ich mir schon immer gewünscht habe. Sie hat es extra für mich anfertigen lassen. Hat sich an unsere Gespräche erinnert und hat etwas anfertigen lassen, wovon sie wahrscheinlich nicht mal erwartet, dass ich es tragen werde. Ich habe sie echt nicht verdient.

Meine Finger streifen über den Stoff, während mir wieder die Tränen in die Augen steigen. Ich bin es ihr schuldig. Ich muss es wenigstens anprobieren. So viel Respekt hab ich auch noch. Ich kann sie nicht hängen lassen, wie ich es sonst immer tue.

Ich schnappe mir ein Handtuch und gehe ins Badezimmer. Auch hier werde ich wieder von einem krankmachenden Anblick im Spiegel begrüßt. Und wieder kann ich mich nicht ansehen.

Ich ziehe meine alten Klamotten aus und steige in die Dusche. Während das kühle Wasser von meinen Haaren tropft, fahre ich mir über meine Unterarme und betrachte meinen ausgemergelten Körper. Ich habe in letzter Zeit viel zu wenig gegessen. Habe mich viel zu wenig um meinen Körper gekümmert. War zu sehr in meinen Gedanken gefangen. Meine Gedanken, die ich immer als Ausrede verwende, wenn ich mich wie ein Arschloch verhalte.

Mein Spiegelbild, das mich nach der Dusche begrüßt sieht etwas weniger bedrückend aus. Trotzdem sehe ich es nicht gerne und drehe mich weg. Ich ziehe mit zitternden Händen das Kostüm an und drehe mich wieder zum Spiegel. Ich sehe…. gut aus? Naja, gut ist vielleicht etwas übertrieben. Vielleicht ist „nicht mehr verwahrlost" ein besserer Ausdruck. Ich sehe nicht mehr so aus, wie ich mich fühle. Ich mache mich noch weiter fertig, gehe aus dem Bad und endlich auf meine Zimmertür zu.

Und wieder werde ich aufgehalten. Auf einmal fühlt sich das Kostüm komisch an. Soll ich wirklich gehen? Soll ich wirklich die Sicherheit meines Zimmers verlassen? Würde ich es aushalten die ganzen mitleidigen Blicke zu sehen? Schaffe ich es mich mit den Personen zu unterhalten oder werde ich nach wenigen Minuten wieder in mein Zimmer fliehen? Unentschlossen verharrt meine Hand vor der Türklinke.

Verloren von dir

Judith Simons

Liebe

Du bist nicht mehr du.

Hass

Du bist so neu, so anders.

Veränderung

Kehr doch zu mir zurück.

Fragen

Weshalb geht es nicht mehr?

Unglaube

Weshalb muss es anders sein?

Verzweiflung

Weshalb ich mich abwende?

Druck

Ich kann es nicht aufhalten.

Schmerz

Alles tut uns beiden weh!

Angst

Ich halte weder noch aus.

Trennung

Komm zurück zu mir.

Zusammen

Komm einfach wieder zurück.

Bitte!

Der Spiegel

Vanessa Krypczyk

Er ist ein machtvolles Werkzeug.

Sieh in den Spiegel.

Und du weißt, wer du bist. Und wer du nicht bist.

Das Glas ist kühl und abweisend. Wenn ich mich nach vorne beuge, so dass ich die Kälte auf meiner Haut fühlen kann, dann beschlägt das Glas beim Ausatmen. Ein kleiner Nebelschleier, der mein Antlitz vor mir selbst verbirgt. Ich greife nach den Stiften und den Farben und bringe mein Gesicht näher an das Spiegelbild.

Meine Augen starren mir entgegen. Ich konzentriere mich. Auf meiner Stirn bildet sich eine waagerechte Falte. Ich trage die Farben auf. Bedecke damit mein Gesicht und lasse es unter einer Schicht Schminke verschwinden. Dann betrachte ich es. Kaum wiederzuerkennen. Ich und doch nicht ich.

Später stehe ich bei den anderen. Wie jedes Mal. Wir stehen immer zusammen, reden und lachen. Auch sie verbergen ihr Gesicht. Schminke ist praktisch. Sie hilft dir zu verstecken, was du nicht zeigen magst. Sie macht dir eine perfekte Maske. Wir stehen beieinander. Beobachten die Fremden. Schauen sie an, reden und lachen über sie. Das ist einfach. Es fällt nicht schwer. Die Schminke trocknet. Sie beginnt sich festzusetzen.

Einer sagt etwas. Bösartig, hart, beleidigend und laut. So laut, dass der Fremde, dem die Worte gelten, sie hören muss. Wir stehen zusammen und unser Lachen dröhnt. Der Verhöhnte huscht weiter. Schnell, schweigend, geduckt, gedemütigt. Wir reden und reden. Gehässig, laut und höhnisch. Die Schminke setzt sich fest. Sie wird zu einer Haut.

Ein Mann läuft vorbei. Langsam, ruhig. Er sieht zu uns herüber, als wolle er etwas sagen. Einer spricht wieder. Wie immer boshaft, hämisch, verletzend und laut. Der Mann legt den Kopf zur Seite, bleibt stehen und starrt.

Wie immer lachen wir. Die Maske, die ich trage, lacht. Gehässig, kalt und gefühlsarm. Der Mann schweigt. Ernst und nachdenklich. Seine Augen werden zu einem Spiegel.

Einem Spiegel, der mir eine Gruppe Menschen zeigt. Sie stehen zusammen und tragen Masken und sie lachen und kennen einander doch nicht recht. Und da wird mir kalt. So eisig kalt, wie das Glas meines Spiegels. Meine geschminkten Lippen lachen. Breit ist das Lachen, höhnisch der Ton. Wie bei den anderen. Aber meine Augen, die sind kalt und leblos. In den Augen des Mannes – in diesen Spiegeln – da steht eine Frage. Wer bist du? Ich weiß es nicht. Die Frage ist einfach – die Antwort ist es nicht.

Ein neuer Morgen graut. Farben ergießen sich über den Himmel und bringen ihn zum Strahlen. Ich sitze vor dem Spiegel, beuge mich nach vorne und öffne das Kästchen mit den Schminkutensilien. Lippgloss und Kajalstift, Rouge und Puder, und mehr. Sie starren mir entgegen. Warten darauf benutzt zu werden. Ich greife nach den Stiften und den Farben und bringe mein Gesicht näher an das Spiegelbild. Meine Augen starren mir entgegen. Ich konzentriere mich. Auf meiner Stirn bildet sich eine waagerechte Falte.

Wer bist du? Eine stumme Frage, die schwer ist. Was tust du da? Bist du das wirklich? Die Fragen werden mehr und bedrängen mich. Meine Hand zittert. Meine Finger beben. Noch haben die Farben meine Haut nicht berührt.

Die Fragen sind nur in meinem Kopf. Und doch überall. Ich blicke mir selbst entgegen. Wer bin ich? Die Schminke fällt aus meinen Händen. Die Fragen sind laut. So entsetzlich laut. Und dann Schmerzen. Sie durchzucken meine geballte Faust. Wie Blitze. Ein weiteres Mal schlage ich zu. Scherben lösen sich, der Spiegel zerbricht, die Fragen sind tot.

Ich senke den Kopf. Gezackte Spiegelscherben, mein Gesicht darin – kaum zu erkennen und unbemalt. Blut ist dazwischen, mein eigenes. Es tropft von meiner Hand hinab, auf mein Antlitz und färbt es rot. Kirschrot. Aus den Scherben heraus blicken mich meine Augen an. Zweifelnd, unsicher, erleichtert. Dann stehe ich auf, umschlinge mit der unverletzten Hand die blutende Faust und gehe. Und alles ist still.

Zurück bleibt ein Spiegel, der in Scherben ist, Schminke, die nicht ange-rührt ist, und Blut.

Sieh in den Spiegel, wenn du wissen willst, wer du bist.
Doch handle, wenn du wissen willst, wer du sein kannst.

Rote Rose

Mina Ravo

Seht die Rose

wie sie dort in der Erde steckt,

an ihrem Stängel spitze Dornen

und den Wunsch weckt,

sie zu pflücken,

sie zu riechen,

sie zu schmecken

und sich vor dem Hass eines Jeden

zu verstecken.

Jury

Mirai - Buchbloggerin: „Lass mal lesen" und auf Instagram @lesehexemimi
Melina Zahren - Booktuberin: ReadingBookChannel
Sarah Tiebes - Schülerpraktikantin Frankfurter Buchmesse

Den Schreibwettbewerb Frankfurt Young Stories haben sich Sarah Tiebes und Valentin Maas während ihres Schülerpraktikums bei der Buchmesse im Frühjahr 2019 ausgedacht. Ihnen ist wichtig, daß die Jury aus Gleichaltrigen besteht.

Frankfurt Young Stories - Anthologie 2019
Longlist der eingereichten Beiträge zum Wettbewerb „Frankfurt Young Stories"
Layout: Hendrik Hellige

Eine Kooperation der **Frankfurter Buchmesse** und **BoD**

Bibliografische Information der Deutschen Nationalbibliothek:
Die Deutsche Nationalbibliothek verzeichnet diese Publikation
in der Deutschen Nationalbibliografie; detaillierte bibliografische
Daten sind im Internet über dnb.dnb.de abrufbar.

© 2019 Frankfurter Buchmesse
Herstellung und Verlag: BoD - Books on Demand, Norderstedt

ISBN: 978-3-7504-0456-4